赵斐，男，1987年生，河南民权人。

本书中文简体版由北京行距文化传媒有限公司授权在中国大陆地区（不包括香港、澳门、台湾）出版、发行。

婆婆纳的旅程

赵斐 著

GUANGXI NORMAL UNIVERSITY PRESS
广西师范大学出版社
·桂林·

惊奇 wonder
BOOKS

婆婆纳的旅程　　　　　　出版统筹　周昀　｜责任编辑　张玉琴
POPONA DE LÜCHENG　　特约编辑　黄建树　｜封面设计　郑元柏

图书在版编目 (CIP) 数据

婆婆纳的旅程 / 赵斐著 . -- 桂林：广西师范大学
出版社，2024.2
　　ISBN 978-7-5598-6674-5

　Ⅰ. ①婆… Ⅱ. ①赵… Ⅲ. ①长篇小说 - 中国 - 当代
Ⅳ. ① I247.5

中国国家版本馆 CIP 数据核字 (2024) 第 011710 号

出版发行　广西师范大学出版社
　　　　　地址：广西桂林市五里店路 9 号
　　　　　邮编：541004
　　　　　网址：www.bbtpress.com

出版人　　黄轩庄
经销　　　全国新华书店
发行热线　010-64284815
印刷　　　山东临沂新华印刷物流集团有限责任公司
　　　　　地址：山东临沂高新技术产业开发区工业北路东段
　　　　　邮编：276017
开本　　　787mm × 1092mm　1/32
印张　　　9.75
字数　　　161 千字
版次　　　2024 年 2 月第 1 版
印次　　　2024 年 2 月第 1 次印刷
定价　　　58.00 元

如发现印装质量问题，影响阅读，请与出版社发行部门联系调换。

一

"南河六里地。"

磊子哥当年英勇，骑着木材横渡南河，还顺手逮了一条大鲤鱼。三个儿子长大，几十年过去，我才捞着近见这传说中的大河。它就在家门口。可惜就算我的眼不花，也看不到头。河上的风也比镇上的好，凉爽爽的，吹得细纹只管往远处荡，远处拐弯的岸上孤零零有一栋楼，白蓝相间，并不多见——我想去看看。

这是我七十大寿的日子，八方亲人共聚一室，我跑了出来。我那英勇的磊子哥贪了几口酒，摇摇晃晃站起来，宣布一件事。亲家母酿的酒，劲头正冲昏他的头，半截身子入土，一辈子不见他糊涂一回，却在这热闹场面儿上，一下子丢尽老脸。

他拉着他那刺刺啦啦的长音，简直是在唱戏："哈——

我，我去红色人间了，值——啦!"

他一个劳苦一辈子的老农民，还想用城里的腔儿，仰起脸吧唧他那不认输的嘴，接着侧身倒下（自然有人接住），呼呼睡去了。前阵子是他过寿，打春就开始兴奋，原来动了心思。我们两个都属龙，一个生在夏天，一个生在冬天。我们的长子兴之有意将寿宴合二为一，磊子哥不说同意，于是亲人们隔了一个秋天，又从四面八方赶到吴屯镇。磊子哥过寿也在这个房间，窗外的南河波光耀眼，那栋楼被我一眼框进大开的窗户。当时我就想画下来，一直拖到现在，在心里搁成了事儿。眼下是冬天，窗户紧闭，上一回我就看见故道驿站后院铺了栈桥，一路伸到河面上。我假装要撒尿，撇下八方亲戚，实则跑到栈桥喘口新鲜气儿。

我走到尽头，扶栏远望，想起 Forest 教过的古诗，具体哪一句不能当即出口，可是一下明白诗与画果真有扯不开的联系。上课的时候不明白，学画画为什么要背诗。我也算上过学堂，多少认识几个字，还背过老三篇，可背 Forest 安排的诗，比收麦还难——每年的麦子不都收到家里来了？也比收麦容易。Forest 一下令背诗，我就没来由地激动；一到收麦，我头皮就发紧，脾气还不好。

身在栈桥，那栋楼比夏天的时候更清晰，不像住着人，只是当成一道景儿矗在那里。我一动不动，在心里画它，明亮的河从它边上流过。我得去看看。

岸边有一丛枯芦苇，乖顺地斜向水面，里面有鸟飞飞停停，这些景儿激发着我该拿起画笔涂涂抹抹。学画画到现在，老是有这样的冲动，然后心里边儿要有不痛快的事儿每回都能自行消散——我揣摩画画能让我多活几年。后面传来脚步声，不用看，是我的小儿子艾尔克（他非让我这样叫他，旁人不知道，这是个维吾尔语名字，意思是自由）。我快四十岁生下他，本来想拿他换个女儿，了结心愿，我的婆婆（十多年前她老人家死于突发心血管病，菩萨保佑）决不允许朱家血脉流落到别的不清不楚的地方，如今三十多年过去，艾尔克长成不差女儿的贴心人。可他至今不娶。

我并不声，转过身迎住他，阳光洒在我们娘儿俩之间，气氛不赖。我指向那栋楼，说："带我去那里看看。"

"现在？"

我点头，风吹起我俩的红围巾，他买的，一模一样。

"客人都在房间等着你呢。"他说。

我起步往岸上走，老膝盖脆响，像是告诉别人我有点心虚。我说："你大哥会处理好——你带我去看看。"

我们开车去找那栋楼。车子驶出故道驿站时，正在廊下打游戏的大孙子眼追着我们瞅了一会儿，接着继续低头玩。那是我二儿子茂之的长子，性格不算活泛，茂之却成功培养出他喜人的身板和气概，越来越像朱家的子孙（哼，谁能跟朱家比啊）。小郡从屋里跑出来，白生生的脸蛋真叫人欢喜（两年了，反正我把她看大了），他抱起妹妹，兄妹俩在后视镜里齐齐指过来。

怎么能到那栋楼下，艾尔克肯定也没去过，车子只是在路上不断靠近。要是有船，趁河水未结冰，我们可以直直地开船过去。绕过一片村庄，穿行在冬小麦之间，这时看过去，就不远了。地里几只黑喜鹊双腿并在一起，轻轻巧巧往前蹦，高过了麦苗。我画过它们，十分不如意。我也就见过麻雀（吴屯镇叫小小虫），见过喜鹊，连孔雀都没见过。

艾尔克忽然问："你知道红色人间？"

我说："在商丘城里吧。"

艾尔克笑，他也是一个男人。他大概怎么也没想到，他娘一个傻乎乎的老农民，原来心里啥都清亮。

我说："中秋节前边儿的一天，他说去商丘有事，找了辆车就去了，穿上他那件蓝色呢子风衣——那件衣服是你买的，艾尔克，他稀罕得很，轻易不穿出去。今天我过生日，他穿什么，你瞧见没有，艾尔克？"

我竟然真的生气了，这种小事。我变了，照以前，我不该注意这样的小事，就算注意了，也绝不可能没羞没臊地讲出来。朱家几十年，叫人生气的事能数一骡车，我敢都生气？那我早死了。那是一件他和老爷们儿打麻将穿烂的棉夹克。

我继续说："天快黑了，不见人回来，打电话说碰见熟人，明天再回。当时我就知道了。他不提的话，我自会当不知道。我会装糊涂，艾尔克，你觉着我不会？"

艾尔克目视前方，我知道他认真听着。

我还说："刚才那种场面让我装糊涂？所有的人都愣在那儿了，我装作听不见？他们都知道我不聋，你爹站起来讲话的时候，没有人吭声。那样的糊涂，我装不出来！我出来尿尿还不成，艾尔克？"

艾尔克露出肯定的笑。说到这里，我猛然发觉：欧阳凤，现在的你真能说。自从学画画，我变得可快——艾尔克应该发现了（老天爷，观音菩萨，你们到底什么安排）。

我想想还不过瘾，又说："哦，难道说，大家都觉着我不知道红色人间是什么地方？"

艾尔克看我一眼，仍不说话：啊！这老太太变了。他果真发现了，或者说，这是他的目的，我的好儿子。车开得慢下来了，前面的路面越来越不明朗。他皱起眉，认真开车，最后我们停在一道栅栏门前，往里一看，满眼荒枝。艾尔克熄火，我开门下去，这院子全被野草灌木霸占了，曲曲折折一条小路隐在其中。正愁怎么进去，艾尔克过去一推，那门瞬间放弃自己，往里倒下了，像专等我们来推它。他又拾起一根大树枝，左右折去小枝，手像修枝的剪刀，最后得光溜溜一根木棍。我的三个儿子，各有性格，不亲昵也不生分，做起活计来都是一样的细致利落。这让我觉得像喝了蜜。

我们踏门进去。艾尔克手持木棍挑开枝枝蔓蔓，脚下的石子路重见天日。院子不小，能想象它繁盛的样子，兴许是一个像朱家那样的大家庭。石子路多有岔路，走上去很稳当，我们只管往楼前走。艾尔克慢慢停下，指给我看，我同时也看见了，这楼好似个空架子，因为前两天下了一场不小的冬雨，整体显得亮洁：六层高，有尖顶，也有圆顶，蓝色的瓦像一片片刷过一样，一层一层被人摆好，不见损坏。

"这是个烂尾楼。"艾尔克说。

"……不像，"我慢步绕到侧面，说，"应该有一家人住过这里。那瓦片，像刚涂上去的颜料。"

艾尔克跟上我，说："你的课还有几节？"

我的画画课是他给我买的，去年的事，他忽然不容商量地让我学画画，当时所有人都觉得荒唐，心里面看不起，现在我坚持下来不说，还自得其乐。磊子哥说，我连说话的腔调都变了（他说得酸，却是实情）。谁能料想，在农村辛劳大半生，竟然放下锄头，拾起了笔，还是画笔。

我转过身看他，说："课只剩下两节，老师要走了，明天我们就得回郑州。"

我住在郑州茂之家看小郡，相处不到半年，他们终于忍耐不下我这样一个笨蛋，找了一个年轻力壮的女人代替我，半个月不到，茂之赶走了她。敷衍了事的做法，茂之的眼睛里一点儿也容不下。我们是血亲母子，朝夕相处的两年里好几回都要崩塌，谁都死咬着理儿不松口。这是我不曾想到的。老大蛮横，艾尔克长大之前，本是老二最合我心，看来一切得从长计议。

在险些憋出病之前，艾尔克自作主张买下画画课。为了不跟看小郡的时间冲突，他跑了半月，寻到一个满意的地方（我事后才知道），只是路程不近。我临时学会坐公交车，吃过晚饭出发，半小时才到。他们一下班到家我已吃过饭，当我收拾好挎上包，关上茂之家的门那一刻，我只觉得整个世界都为我变了。那是一个旧厂子，却是专属于我的学校、我的教室，一个脾气难捉摸的老师，忘我地在一群老家伙中间走来走去。第一堂课，我冒出一身汗，棺材板儿都找好了，居然不知羞耻地跑进了学堂。我数了数（我能数到一百），二十一个学生，年纪最大的就是我自己，最年轻的是个三十多岁的小媳妇儿。除了我自己，我不知道他们（很难拎出两个人归于一类）为什么深更半夜跑来学画画。

我的老师叫Forest，他自我介绍的时候眼半睁半开，似乎不太愿意看见这一堆老骨头。我没听清那是什么姓什么名，他写黑板上，艾尔克来接我，我让他看黑板，他说那是英语（我怀疑二十一个人里面没几个人懂）。他教我一路，学会以后，艾尔克一听就笑。Forest没说自己多大，基本什么也没介绍，我看顶多是三个本命年的年纪，穿戴随意，开讲时戴上大眼镜，看那德行好像一个屋里就他自己（我也学学他这股劲儿）。我猜测他刻薄，娶不上媳妇。腊月结束之前，他要离开郑州回长沙一趟，时间不定。

楼后建了一座花坛，几只鸟停在上面喝积水，一棵常青的大树下，桌椅齐备，一个高高的秋千架，喇叭花的枯秧攀缠到最高处。我们走过花坛，来到后门，这一次门锁了，耳听见门后南河的水声，我和艾尔克相视一笑。门两边是长长延过去的矮墙，墙上爬满蔷薇。这又是一幅画。

"走吧。"我说，"回去吧。"

我惦记着我的那一顿饭还有一个句号，老大再有能耐，还得由我画上这个句号。不见他打电话找人，艾尔克肯定悄悄发了信息。他说："走吧，回去喝点热汤。"说着这话，人却沿着墙走去几米，忽然指着一处墙角，高声叫我，原来是一个洞。我们俩钻过去，无畏大河铺展在眼前。

"南河六里地啊。"我禁不住叹一声。小时候就在娘家听到"南河宽有六里地，吴屯龙王有脾气"的老话儿，今儿我才瞧见了。它早没有六里地宽，可我看着有一百里地的气派。看啊，磊子哥正在河中央划水。

"活到一百岁吧。"艾尔克搂住我的肩，冷不丁冒出这么一句。

拂过河面的风吹来沁人的寒凉，我们俩的红围巾齐齐飞舞，我的头刚过他的肩膀，我们母子虽然亲昵，可我不敢靠一靠。那是现代人的方式，我太老式了。

我说："起码等到你结婚，我才好闭上眼。"

提到婚姻，艾尔克要么沉默，要么闪躲，我不知道他心里住着一个什么样的人。年轻人的爱情，我也懂了一些，尤其学画画以来，老朽的脑子透亮不少。可我仍琢磨不透他到底稀罕一个什么样的姑娘。

艾尔克的电话终究还是响了，他看我，我知道是老大。他不接，说："咱俩都把手机关掉算了。"

刚才还说回去喝热汤,我拦住他,说:"回去吧。别为难你大哥了。"

艾尔克说:"我陪你沿着河边走一走,权当是采风。"

我不懂采风:"花儿能采,风也能采?"

艾尔克说:"就是四处看看,不然,脑子里没景儿,你画什么?"

艾尔克最贴心的地方就是他的耐心。老大没有,我一开始就知道。老二原来也没有,我白活了几十年,没发觉。磊子哥骂我一辈子,说我是笨蛋。他是个能人,自有他的道理。

我说:"谁说我没有!我脑子里全是画儿,就是画不出来。"

艾尔克赞叹:"这个倒不是难事。"

"回去吧。"我说,"让你爹多看看,我不是笨蛋,我能转身。"

我们走过荒院,上车离开。原来,路一直沿着河走,一会儿靠近,一会儿又远离。有人说,吴屯镇的魂儿就是这河,这条黄河舍弃的旧道儿。这是鬼话,我今儿才第一次真正见到它,五十年了。它美,美在是风景,可谁的家是风景呢?

看见故道驿站的招牌了(第三个字我不认识),两个孩子已经不在门口。我问艾尔克啥是驿站，艾尔克瞧我一眼，说是供人歇脚的地方。我说为啥要歇脚，那肯定是要赶路啊。艾尔克点点头。这就是我的驿站了。

二

　　我二十岁嫁到吴屯镇，十六年生了三个儿子，两次蹚过鬼门关，七十岁戴上绿帽子，回头看看走过的路，再想想剩下不多的日子，这辈子怎么收底儿仍不定心。结婚那天，老天爷撒下大雪，我赶着驴车嫁到吴屯镇（驴车是我姥姥变戏法般变出来的）。朱家人丁兴盛，爷们儿有一说一，整个吴屯镇的老少都来了，闹婚闹得人头发昏。我一个没注意，亲手挑下的木柜，摔折了一只腿，恼得我当场喝退众人，结束该死的闹腾。到现在，去过婚礼现场的人都还记得我欧阳凤的厉害。我姥姥说，这不吉利，果然，十多年后，磊子哥被一车圆嘟嘟的木材砸断一条腿。他那时候是个远近有名的木匠，手缝里漏下来的技术就能养活一个小家庭。我见识短，磊子哥是我见过最有本事的男人，腿断之后也变成最可怜的男人。

吴屯镇甩在商丘的最东边，眼看要和山东混为一片（挨着的山东曹县也传有朱家木匠的名声）。要去商丘市里，搭上公车，四十分钟就能到。磊子哥穿着风衣，瘸着腿走进红色人间的大门，每次一想到，老少爷们儿年轻媳妇的嘲笑就会响在耳边。花白头发的爷爷找小姐，老不正经，比猪圈还腌臜。

七十大寿过后，大家四散归家，很快朱磊昌的好事即传遍整个吴屯镇，接着黄河故道两岸的人们都会知道。当然了，多大的唾沫星子也淹不了朱家门里的人。他的弟弟朱槐昌朱桦昌肯定会嫌弃大哥让家族蒙羞，但也不敢吭声，估计会等无人的时候发作——朱槐昌一旦抓住磊子哥的把柄，定会大力讨伐，我真想让他们实打实地打一架。兄弟俩一生不合，朱磊昌能了一辈子，唯独这个结解不开。我嫁来以后，包揽一切家务（每天睁开眼就是二十多口人的饭食），嫌朱槐昌好吃懒做，后来他娶了媳妇，两口子并头比谁懒，我便闹磊子哥与他分锅，自那以后他就死咬着这口仇不放。我现在想，也不理亏。朱槐昌是个聪明人，顾着朱家的大局，他从不在任何人面前提这口闷气（当初自立门户，的确挺过一段艰难），可我知道就是分锅的事在他心里插着呢。他要是再敢说难听的话，磊子哥吞声，我就拿出长嫂的气度压住他。朱桦昌是我和磊子哥看大的，他比我们小十岁，任何时候都视长兄如父，后来到省里做了大官，也不忘大哥大嫂。他们兄弟三个成家，各不相同，说一句我瞎操心的话，朱家事实上貌合神离。这个词是艾尔克教我的，多好的词。这一件事，就可以判朱磊昌一辈子失败。

我的婆婆——我得叫出她的英勇名讳杨虎荣——那一代，朱家兄弟七个，一个比一个蹿天，却全都安分，悉听老大指挥，婆婆作为长嫂，谁也休想忤逆她半句。她们杨家两代十二个女人，后来传为十二女将，婆婆因为生出大官，在娘家同样说一不二。艾尔克出生时，我心灰意冷，同屋的姐妹生下第四个丫头，我们说好互换，各自圆满，婆婆得知此事，大为光火。本来怀艾尔克到最后关头，产前风缠上我身，天天在地上爬，我第一次路过鬼门关。直到他一声啼哭，我残喘抬头，看到裤裆里那一串，直接昏死过去。休整半月，我与那姐妹谈话投机，婆婆毫不妥协，我带着气一躺俩月。后来有一年，我在地里稀苗，一个女人扶着洋车子，在路上冲我这里招手。是我那姐妹，怪俊的脸，差点没认出她来。我问她干啥去，她说见个人，她没走过来，我也没走过去。隔着几十垄玉米地，又说了几句，我才听出她离婚了正相亲。我猜是没生出儿子的缘故。

这是三十多年前的事了，朱家上下以及杨家两代对婆婆杨虎荣有说不尽的怀念，我若能学上她气度的十分中一分，也不至于在晚年落到这一步。不过人生谁也别想猜个全中——婆婆的侄女，杨家第二代女将其中一员大将，经婆婆牵线，嫁到朱家门里，也想学婆婆的架势掌控局面，不料六十就被重病夺命，留下一个叫她踩了半辈子的男人和一盘散沙的家庭。我一开始也嫌弃这个男人没出息，同样都姓朱，同样学木匠，磊子哥早他两年学成，又故道两岸十里八乡，跑得风风火火，他就老老实实在家，有活就干，没活便歇，谁急他不急。可现在看呢，人家全乎一身，磊子哥落个残腿。人家逍遥，磊子哥消沉。

无人知道，嫁到朱家的前两年，我好几回跑到娘家痛哭，死都不想再回吴屯镇。恰好一直没怀孕，我向父母痛诉宁愿蒙羞归家，也不愿再进朱家门。现在回想，我怎么没学会那些厉害媳妇儿撒泼摔碗的本事。那时小云还没出嫁，见我哭她也掉泪。直到兴之报到，又为这个世界加添一个姓朱的人，我没办法才安定下来。忍气吞声、大包大揽，实际上才是我在朱家立住脚跟的绝活。所幸，磊子哥脾气似火，却知道疼人，我不得已认定现实，一个个把孩子养大。

就这样一年一年来到了七十大寿。宴会散罢，兴之茂之直接从故道驿站出发回了郑州，我拉住艾尔克过夜，明早再走。回到家，磊子哥酒醒，一下车即背着手去找麻将场。朱家的男人做过的事就是钉上的钉，可是我七十了，谁也别想我去给他搭个梯子下。老大兴之没在我面前交代一句，那是他明智。他要敢说一句叫我服软的话，我就敢扇朱家长子长孙的脸。我上到二楼，脱下外套休息，艾尔克不知去向。我和磊子哥十多年前就已分居，那时老房子还没翻盖，我们各占一屋，新房子落成后，我在二楼挑了一间，他还留在下面。随我上二楼的是我的嫁妆——那个折腿的木柜（我垫了两块砖头），双人床我只铺一半，没有朱家的呼噜，我的睡眠很静。我也希望我能活到一百岁，为的是看见艾尔克落定，为的是最后几年的——自由，至于我的孙辈，那是他们父母的事，我没时间也没本事掺和。说句伤人的话，我从不稀罕什么抱孙子的福气。

天黑以后，仍无法闭上眼。我请了一尊菩萨在屋里，一直侧身看她，邻居家的灯光弱弱投在她身上。楼下他们父子嘤嘤说着听不清的话语，艾尔克好像做了饭。他上来叫我，脚步在楼梯上轻哒哒的。我默默坐起，与菩萨对望，心里捋清一件事。

艾尔克推开门，见我坐着，说："喝点热汤吧。"

我问他:"你去哪了?一回到家的时候。"

他好像被我问住了,立在门框里不动,像被框住了。

他说:"我去买了点菜,大家都没吃好。"

艾尔克是个有心的孩子。他或许自己也没发现,他是个说不见人影就消失不见的人。大家一处说着话,稍不注意,他可能早已离场。对,说走就走。

他要开灯,我拦住他,说:"明天带我去小周庄。"

他走过来坐我边上,轻轻地说:"没睡成?"

朱家人少有会轻轻说话的人。我说:"想事儿啦。"

他一声叹息,担心我和磊子哥的事。我恰恰已经翻篇,我想的是我的人生大事。朱家的事理应朱家的男人们去料理。再说了,在男人堆里说起这事,还让人艳羡呢!这个我也懂。

艾尔克说:"今天才见过小姨。"

我抓抓头发,说:"她那里有小桃红,我去染头发。"

艾尔克反问:"冬天还有小桃红?"

这就是小云,她能保存住所有的东西。我们兄妹四个,她最小,个子最小,大哥庸碌,大姐守寡,小云在婆家受了气,都是我出面。她婆婆活到九十,还是一把硬骨头。她知道我的脾气,心里忌惮我几分。当年小云结婚,她非要节省,礼钱减三分,事儿上不尽力,我跑

017

到她跟前，直言解除婚约。这桩婚事我本就不十分认可，最终图男人本分我才低了头，趁老太太欺负人，小云再寻婆家，未必不是好事。谁料，老太太认怂，风风光光娶了小云。

我并不甘休，指着老太太说明情理，她一句不敢反驳，自此知道小云有个厉害的二姐。日后几十年，小云水深火热，我现在想来，都是我埋下的祸根。几十年里，小云舍命地干庄稼活，年轻时力壮，上了年纪，各种病魔找上身来。我最不能看见她。

天一亮，磊子哥上街买水煎包，我叫起艾尔克趁机出发。他嫌不妥，我说免得臊脸，各自轻松。他洗把脸，我们开车去找小云。她家的土门楼自结婚那一年建好，再未动过，我看见它就想把小云带走，从来没有一个地方叫我这么丧气过。我和艾尔克走过门楼，头上恨不得哗啦啦下土。立在院子里好一会儿，小云拖着一条腿正揭开盖芫荽的塑料布，我不愿吭声。院子南头辟了一片地，她种了几样菜，劳碌命，一刻也闲不下。我真想收拾她一顿。

艾尔克轻轻唤一声："小姨。"

小云扭身看见我，欢快地喊姐，从小到大都是这个孩子腔调。我指着她的芫荽，生气说："种这一分地，能发财?"

她的腿若不好好休息,医生说会废,家里却无一人在家。小云说她婆婆在住院,我说:"我不去看她,她早活够本了。"太阳冷冷照进院中,艾尔克提来两把小椅子,我却坐不下来与小云说话,一说就气。我叫她去拿小桃红,给我染头发。她高高兴兴去拿,艾尔克贴心跟在后面,很快艾尔克抱着一罐子红花浆出来了。

小云捋捋我的头发,说:"姐,先剪剪吧。"

我知道她会剪。有一年她专门来吴屯镇找到我,说想学剪发,尝试开店干生意。我没有阻止她,却也没支持她,她就放下了这个念头,当了一辈子农民。我如今悔得肠子绞痛,我耽搁了她。小云一辈子就这一次专门找到我说一件事,我当时说一句鼓励的话,她会欢天喜地的。哪怕只是简简单单一个"行",她也会卖命干好。

在娘家做姑娘的时候,我和小云都扎着俩大辫子,如今都剪了。她熬到快五十岁才剪,只是不轻易叫人看见,天热天凉,纱巾围巾轮换着包起来。小云剪掉辫子以后,一下子放出老态,全不是小云,好像她只属于在娘家当姑娘的时候。

剪到半程,小云后退一米看我,笑着说:"姐,你就是有气势。"接着她开始往我头上涂抹花浆,原来已经剪完。艾尔克说："小姨，你也染上吧。"小云摇摇头，她种荒蒌也不是她自己吃的，她从小就受不住那个气味。她不停地做各种事，这就是小云。这样的人该有人疼才对啊，她又没遇上。

染后洗罢，艾尔克和小云并排盯着我看，仿佛看到金苹果挂在树上，笑过又笑，小云的龅牙想包也包不住（她去地里薅草遇到蛇，吓得磕掉了牙）。她送花浆回屋，我问艾尔克带了钱没有，他身上有两千，我让他全给小姨。小云抱着未开封的一罐花浆出来，叫我带走。

她说："姐，你染上好看，头发一长出来，就染上。"

别的不多说，我们母子离开。小云在后视镜里拖着腿，骤然停下，转过身回家，我闭上眼恼自己不能把她捞出来。路过街面，我们停下吃了几口热饭，磊子哥自始至终没有打过来。这样最好。

车上高速，我甩出一口气，身后的杂事都被极力甩掉，而不是成为我的尾巴。

"听我说，"我扭头对艾尔克说，"到郑州以后给我订票吧，我得离开一趟。"

艾尔克忙问："去哪儿?"

我假装想了想，闭口不立即答他。事实上我想好了，也都"安排"好了，昨天晚上躺着看菩萨的时候，我问她，她告诉我这样做就行。

"去长沙吧。"我说,"我想去你皈依的地方看看。"

车明显在减速,树不慌着往后退了。接着就是一直往右靠,最终停在路边,有个红三角一直在那闪,很紧急的样子。他笑了半截,说:"我们还是回家,你们两个好好谈一谈。"

谈一谈?那是什么?我不懂。

我打住他:"不是那回事儿,艾尔克,我就是想出去一阵子。我跟你爹还能说啥,五十年了,还没说够?"

艾尔克看我,眉头锁成一个疙瘩,他光屁股拍照的时候,就皱着眉,这个孩子。是不是我怀他的时候,产前风就把他害了,老天爷!我和他小姑抱着他去照相馆,任他小姑怎么逗,他就是不乐。

他说:"那你的画画课呢?昨天还心心念念,今天就抛下不管了? Forest 等着你呢。"

他拿这件事来压我。

我也老实看他:"……我准备把你走过的地方都走一遍。我发现我实际上看不懂你,艾尔克,这真叫我难受——别的我都可以不管,能择的我都择干净了,你娘我心狠着嘞。"

艾尔克往后靠,只管看我。我知道我说的话,叫他稀罕了。他曾有近两年的时间南北游荡，我一度没有他的任何消息（谁也别想联系上他）。等到一路风尘回来，他笑着报告他的平安，轻盈盈的，眉头都要展开了似的，不提他的出走，我也不敢问。老天爷，谁家有个这样的孩子？

三

孙八楼我姥姥家，相比我娘家，在我心里更亲近一些。姥姥在我家住着便罢，她不在我家（多半被她的宝贝女婿气走），我就去孙八楼陪她，我很小就能骑洋车子，为的就是想她的时候能蹬起车子去找她。孙八楼有座木塔，一看见它，我就踏实了。她老人家总说："你快成孙八楼的闺女啦。"我就是。有不知根底的人问我娘家哪里，我就说孙八楼，心里十分得意。我姥姥越过母亲大大方方拿出了杜姑娘能给和不能给的一切。受她老人家影响，我也自认是个大方的人，不管情和物。

我姥姥和我婆婆不同命，我婆婆子孙众多，女将名声在外，我姥姥则只养了一个走在前面的娇女儿。不过，我姥姥却是个通透的老妖精（除了被我父亲这个命门拿捏）。我活到七十岁，果真让我再活三十年，怕是也不能再见到一个像她那样全乎的女人。她准料到了夫家窝囊、女儿早亡、命长孤苦这些老天爷的安排，而一早有了心理准备，活成了我万里挑一轻轻巧巧的老妖精。

我刚到吴屯镇那几年，她警醒我生了孩子后一定要用心把他们真正养成自己的孩子，小心一天天过去，孩子长大，母子的心却早已不连着了。果然，一个女儿没有，一句体己话也没处说去，养成反咬一口的白眼狼也说不准。心凉透的时候，我甚至后悔生了三个孩子，无牵无挂地活到老，多好——杜姑娘走后，我姥姥就是这样潇洒走过来的。这个，杨家女将比不了。就算这样，姥姥也失算了一个人，她没能赶上见一面的艾尔克。

我揣摩，我和艾尔克娘儿俩或许能蹚出不一样的路。要我说出"我发现我实际上看不懂你，艾尔克"这样的话，并不容易，我照着农民的模式活到摸着棺材板儿，话一出口，汗水溻湿了秋衣。艾尔克咔咔上挡，重新上路，脸上挂着复杂表情。我怀里紧抱花浆罐，一声不吭，陡然想到和老二茂之的矛盾，或许仅仅源于我们母子一脉。磊子哥骂我一辈子笨蛋，茂之上学，到初中毕业还不知东西南北，磊子哥又说他照样不误遗传我。反正，三个儿子身上但有他看不上的坏毛病，都随我。尤其艾尔克，我的模子刻出来的。磊子哥骂对了，我和茂之的矛盾，根儿在我的骨子里。郑州同住两年，我们血亲娘儿俩尽情用一样的手段折磨对方。我不问，他不说，问题就在那儿搁着，两个人拽着对方，滚在泥窝里起不来，就算起来也是丢人的狼狈一身泥。

小郡两岁，我们结下仇怨。

中午时分，我们到达茂林苑小区大门前。当年嫁到吴屯镇，我很是背了一遍朱家的地址，老人说被人卖了，还能找到家。如今到了大城市住在茂林苑，我又背了一个地址：春晖区鹿乳桥畔茂林苑，很像又嫁一次（只是我已没有娘家可回去哭诉）。欧阳还认认真真写下来，十个字里边好几个字我都不认识，光看着就感觉嫁到了深山老林。没看见欧阳，拍篮球的动静在路口已经听到。他今年五十五，瘦巴巴，温顺得像哈巴狗。早晨冲豆奶，中午下面条，晚上拌剩面条，一人睡在茂林苑门岗，一个破篮球陪着他，那是有人扔垃圾被他截下的。可是他识字，还是个高中生。

"你在这儿等我，"我对艾尔克说，"我去楼上拿点东西，你现在订票，去长沙，最早一班。"

艾尔克拉住我："到长沙以后呢？你告诉我。"

欧阳这时从屋里走出来，手里转着篮球，我说："死不了，放心吧。"

艾尔克仍以为是闹情绪，我反手真真地抓住他，道：

"你能跟我一块走吗？不能。等你腾出空，来长沙找我。"

我开门要走，想想又扭过头对他说："你可以不管我，踩踩油门走吧。等我下来，你不在这里，那我就自己去火车站——我有钱，你知道我一直存着钱呢。我有钱，还愁去不了火车站？！我还有朋友！"

我指指欧阳。同时想起一事，又说："你给欧阳买个篮球，买个好的。"

欧阳喊我了，我下车向他摆手，花浆留在车里。

艾尔克也下车，像怕我飞了，说："那我哥呢？瞒着他俩？"

我说："不是他俩，所有人都瞒着。实话告诉你，连你我也准备瞒着的，让你尝尝滋味——那样走才有意思。"

艾尔克脸现难色，我丢下他去找欧阳。欧阳喊我老姐姐，他也是商丘人（茂之到现在都不知道），和小云一个村——小周庄，说是一个大圣人埋在那里。欧阳说他爷爷就是守墓人，最后被盗墓贼穿心而死。故道驿站七十大寿的桌上，我专门给欧阳装了一袋糖果。我有个小包，斜挎的，塞得满满当当，掏半天才掏出来，放到他的小桌上。欧阳挤眼傻笑。

他问："这就走，老姐姐？"

我示意他别声张，先快步回家，身后又传来拍球声。必须得给守墓人的后代买个篮球。电梯坏了，我一口气奔上家门。十二楼。这两年里，我心里有气的时候，总是走下来，再爬上去，一个人也不会碰到，默默把气平下去——忘了怎么开始的，养成了这个习惯。除了膝盖老嘎嘣响，我的腿脚放在同龄人中很难有比的，只是它们不中用，也是早晚的事，到时候想逃，也逃不了了。

茂之安了电子锁，我的指纹它总认不出来，年轻时搓麻绳，十个指头全搓掉一层皮。电子锁不应，我急一头汗，心里还是有鬼。大孙子开了门，我什么也没说，左右不见小郡，他说跟着妈妈去上班了。人都不在，绝佳的时机。走进卧室，立在柜前，我不知道收拾什么行李，脑子有点蒙，长这么大我哪遇见过这样的阵仗？气儿久久喘不匀，最后一咬牙，我把枕头里的一把现金揣小包里，别的一样不拿，先走人再说。

大孙子端着手机跟出来，他在专心玩游戏，呆呆的样子很有茂之小时候的傻气。我下意识向他招招手，闪到门外，他紧急看我一眼，手机里丁零当啷。我问他："你怎么不上学?"他说："感冒了。"听声儿，是有点不一样。我咽了一口唾沫，说："那你多喝点水。"关上门，我大吸一口气，听见里面茂之问谁来了，他原来在家。大孙子说奶

027

奶来了，又走了。上一次心跳这么快，还是干活到天黑，路过坟地，一二十年了。我跑进楼梯间，耳听见茂之开门，追了几步。我一溜烟儿先下几层，心里与他们告别。

茂之多半不会跟出来，等到他想起来找我，我的手机已经关机。我差点绊倒，慌步走过热火朝天的工地，又抄近路从一个干湖的湖底穿过，望见欧阳正在门口和艾尔克讲话。茂林苑还在建设中，两年来，一天一个样，我看还要建个三五年。我抱着小郡走在茂林苑，就像逃荒。没人跟我们说话，我们每天下楼走一走，检查一下工程进度，然后再上去。

欧阳见我来，不再跟艾尔克说话，他最好没有泄露我的秘密（守墓人的后代不敢）。他看我，我悄悄冲他点头，转身上车，抱好罐子，艾尔克叹气跟上。

我问他："你跟欧阳说什么呢？"

艾尔克皱眉头，说："你不是说让我买个篮球，我问他地址怎么写。"

我说："你问我啊，我会背。"

他不想聊篮球的事，说："你等我几天，我请了假，咱俩一块去。"

我看他："一天都不能等，就得是今天。火车是几点的？"

"今天的票卖完了。"他说，应该不是撒谎。他知道，在我这儿，只有报喜不报忧的时候能扯谎。

我抽出安全带，一下插准，说："那去火车站看看，买到哪儿是哪儿。"

他应该明白我的意思，今天必须离开郑州。要是艾尔克觉着再等两天也不碍着啥，那我要说拖一天又有啥意思。

欧阳还立在外面，我向他挥手，也跟郑州挥手。他给我使眼色，劝我不要意气用事，我转过头不理他。艾尔克这才老老实实发动车子，瞪着眼睛不吭声，车走得不快不慢，我看他根本没有看路。一时之间，我也找不出什么话。在一个来来往往的路口，他硬生生将车插进路边一个窄窄的空里，车屁股撅在外面。

他将头发，捋到发梢抓一抓。他的头发遗传我，又多又粗，拿梳子梳两下就挺潇洒，不知道他在等哪家的姑娘。我知道他为难，刚才做贼心虚跑那一场，心口正渐渐围堵上来。

"这样不是办法。"他瞪我，说明他生气了。他的眼睛也随我，比我的更好看，双眼皮，长睫毛，我应该画一画他。

我笑，以缓和气氛，说："你不用动什么心思，今天不走，明天走，你不会天天看着我。"

艾尔克冷冷地笑，嘴角刚升起就落下。他的嘴角是磊子哥给他的，像两块铁片叠在一起。

"你在报复我?"他说，"那一年我离家出走，你现在拿这件事来报复我。"

我正要回他，他又说道:"你准备拿着这个破罐子去长沙? 渴了饿了就喝里面的花浆，还是去扛沙袋?"

他掉泪了。

我笑着拍他:"开车吧。"

艾尔克哐哐倒车。这又是我们母子相像的地方，当初他没有一点儿音讯的时候，他定能想到我的煎熬，可他就是不打来一个电话。我哭着找老大，老大想不通问题出在哪里。现在，角色互换，场景重演。我不会心软的。离开郑州，即刻。

郑州的火车站让我想起小时候看戏的场面，姥姥拉着我，我拉着小云，大姐不爱凑热闹，她在外面吃冰糖葫芦。我们仨穿过人群还是人群，台上是黑是白，什么样的油彩，唱的是哪一出，我和小云一概不知，心里只管跟着人群欢喜。大家不停呱唧呱唧鼓掌，搡得我快要撒开牵小云的手，我回头看小云，她汗津津地冲我笑，永远在这人群里挤下去，我们也不烦。

车子稍稍停稳，我就对艾尔克说你走吧，看都没看他。他不好下车，也不再说话，脸上的表情包含所有的意思（他多少也有一点想让我离开，我知道）。我推开车门，心里不免哆嗦，七十岁的老太太当然没有那么英勇。艾尔克忽然喊一声，拿好手机。我嘟囔了一句我知道，双脚踏上火车站的大地。这是我这么大年纪第一次到火车站，第二次深陷这么多人当中，姥姥不再牵着我的手，我的手里也空空的。

走上台阶，看着艾尔克的车走远，我直接把手机关机，不狠心，步子就迈不坚定。转过身又不知去哪儿，这真的叫"寸步难行"，我知道这个词。欧阳给我订了去哈密的卧铺票，我不知道去哪儿能拿到它。鼻子下面就是路。我挑面善的人问，面善的人不理我，或者他们说的我听不懂，我脑子里嗡嗡的。最终问到一个穿制服的小姑娘，她喊我阿姨，我忘记我染了头发，少说年轻十岁。取过票，她又指引我去候车，很简单——比喝凉水还简单。

检查行李时，我回了一下头，远远看见一条红围巾跳上台阶，那是艾尔克，他就在我刚刚下车那一片地方，左看右看，风吹得他潇洒的头发缠绕在一起。他掏出手机给我打电话，发现关机，手不自觉地抓起头发，急得像找不到妈妈的孩子。我知道他后悔放我走了，两眼泪花子，明晃晃地闪着冬天的太阳光。他大哥估计得打死他。

不能想这些，我得走出郑州。

他们要我打开花浆罐。我撤到一边，蹲地上，拧拧抠抠，又拍拍，终于打开，鲜红的汁液，我真想喝两口。

"这是什么东西？"一个小伙子问，阿姨不喊，奶奶也不喊。他手拿一根细铁条，当当当敲我的罐子。

我扒开它，说："你别敲我的罐子。"

我看他不想让我带，但我打量他不敢下那样的命令。我心情正不好，他应该有点眼色，这个黄毛老太太不好惹。我拧紧罐子，大摇大摆进去，回头再看艾尔克，已经寻不见红围巾。欧阳说先找到自己的候车厅最要紧，我只好舍着老脸继续问。我顾不上你了，我的孩子。

我先不去长沙，我骗了艾尔克。他肯定会告诉老大，那就让他们去长沙找我吧，让他们扑一场空吧。等我从新疆活着回来，再去长沙。再见，艾尔克。

四

    细想起来，艾尔克共有两次离家出走。第一次，他刚大学毕业，别人都去找工作，他却着了魔一样非要去新疆。他倒是打了招呼，谁也劝不动，走的当天我才知道，拉起箱子就走，谁也不让送。我只有哭。

    我现在躺在卧铺上，顺着他的心思捋下去，他当时大概也想着一声不吭就走的。连着两顿饭没吃，饥饿加上兴奋，我根本睡不着。这是我的火车。灯关了，断续有人走过，过道比我年轻时养猪的猪圈门还窄。窗户边坐着一个人，一直看外面，外面黑洞洞的，月亮后来出来，照出一些景物。火车的卧铺跟我想的不一样，狭窄、憋闷，不过我像个小孩儿一样，到处稀罕。找到我的铺位，我问了不下十个人，加上不理我的、没时间帮我的，那有二十个了。我都是把票戳到人家脸上，因为我一点儿也看不懂上

033

面写的啥。原来光认字还不行，还得有学问。

夜再深一些，我熬不住，必须睡上一会儿。磊子哥这个时候应该还不知道，孩子们没必要告诉他，让他知道也无妨，朱家的男人越挫越能顶住。睡了没多久，睁眼醒了，我下床准备走走，发现一间一间都一样，极怕回不来，只好坐到窗户边上，那个人还在。我还憋着一泡尿，想问他，又张不开口。他头靠着窗玻璃像装睡，别是个坏人吧。我默默看外面，不见一处光亮，一片凄凉凉的。

磊子哥出事那年，拉到了郑州，我在医院照顾他。那天下午，他一直睡觉，我也想睡，无处睡去。慢慢，我觉着堵得慌，一走出病房，难受劲儿一阵一阵涌上来。朱磊昌要是废了，日子怎么办？我晕乎乎地走出医院大门，外面很热闹，烤红薯怪香，我不爱吃红薯，烧心，但那天真香。我快哭了，不知道往哪儿走，心里想死我的姥姥。一个男人凑过来，慈眉善目的，他开口料到我的难处，还有法子解决。我又喜又泣，问他啥法子，他说他祖上专给人接骨头，说着我就跟他走。他还说，你先去看看，要觉得行，再带我大哥去。我想是这个理儿。走了快一里地，郑州真大，我有点眼花。那人一直叫我快点走，我再看他，不慈眉善目了，想到磊子哥醒了得喝水，我就说我得回去。他说这就到了，还想伸手拉我，我不搭理，转身就走，走得飞快。我不知道他追上来没有，不敢回头看，吓得要哭。走了半晌却没看见医院，我真想我姥姥，她指定在骂我，差点叫人拐走，笨蛋。看见个穿制服的，我扑上去就问医院在哪儿，热心的大妹子给我一指：那不就在那儿呢。我眼前忽地亮堂了，这才往后看，没见那人的影儿。烤红薯的香味飘过来，我一下哭了，一寸寸哭出肠子，哭到病房门口止住。一路上，白大褂也好看了，药味儿也好闻了，本来最恨医院。磊子哥问我去哪了，我说解手，他说解那么长时间，我说屙不下来（那时已经好几天没屙了）。倒好水递给他，他咕咚咕咚喝完。这个装睡的男人叫我想起这档子事儿，不过，我也不用害怕，谁会拐卖七十岁的老太婆？

细想下来，我走得有些冲动，连喝水的杯子都没带。七十岁的糟身体，我还有血压药要吃，各个零件也随时会报警，眼下只能凭着一口气，先熬到哈密。想想还真有点怕，姥姥和菩萨在眼前晃。坐了一会儿，我又回到铺上，脱掉几件衣服继续睡，刚才睡觉时衣服都没敢脱。我原来是上铺，下铺的年轻人主动与我换了（我的腿脚爬上去也不困难）。他就是我问的最后一个人，看完我的票，很热情地直接让我睡下面。巧的是，他也到哈密。

这一次我直睡到天要亮。窗边换上一个比我还有年纪的老头儿，太阳没出来，他把头发梳得明晃晃的。磊子哥自我嫁给他那天就是寸头，头发比钢针还硬。那老头儿一瓶药接一瓶药吃起来，直到太阳露头，他收起所有的药瓶，眯起眼看外面，谁也别跟我说话的样子。我打开手机，顿时一通乱叫，像放出来一窝鸡崽儿，管他是谁。看看时间，七点多，上上下下的人全被我吵到了，都在翻身。叮叮叮，还不断有信息来的声儿，我懒得去认字。要说我认的字，除了学校教的那几个，大部分是老二和艾尔克教的。老二茂之先教，后来艾尔克长大，家中有了电视，见到屏幕上走出个面熟的，我就问艾尔克。老二教过的，经艾尔克一巩固，因此也牢牢认了一筐字。一个基本的技能是，我能找到手机里的人，准确拨出去。老大，老二，老头儿（我差点改成磊子哥），这些字我已滚瓜烂熟，唯独老三我用的是"艾尔克"。欧阳帮我打的这三个字，我也认准了。我还是瞥了一眼手机，七十大寿来的人几乎都给我来电话或者发信息了。

小云扎扎实实上过几年学，她的名字我心里也亮堂。她发来一条信息：姐，你干啥去了？积累到后来，我发现，小云还比不上我认的字多。她太傻了，嫁到小周庄以后，全然成了一个傻子。看着她的信息，我这才想到一件事，小云的亲事，她是不是压根儿不愿意，干脆做一个任人摆布不吭声的傻子。我想给小云回个信儿，想想又算了，继续关上手机。字认得不少，可我不能写。艾尔克嘟囔了半年叫我去学画画，刨去家庭矛盾的原因，是他知道我会绣花。他小时候顶喜欢翻我的木柜，翻出一双绣花鞋，问上面的花是谁绣的，稀罕得啧啧叫。

这件小事，艾尔克居然记到三十多岁，并最终把我送进了学堂。他第一回说让我去上学，我以为去认字。商议这件事的时候，三个儿子都在，茂之行和不行都不说（肚子里还存着气），兴之并不看好，艾尔克退一步说权当玩耍，由他出钱找地方。我倒不缺玩耍的心思，多少年来都憋着呢，麻将桌上我常是赢家。可是既然应下来，我就得做出点成绩，让艾尔克欢喜。

不久，到哈密的年轻人爬下来，迷迷瞪瞪喊：早上好，阿姨。多好的孩子。我猜他准是去茅厕，就在后面跟着他。不知是谁家的儿子，长得干净顺眼，又很懂事，看那挺直的脊背，和艾尔克一样直，年纪也相仿。我问他结婚了没有，他转身见我跟在后面，又喊阿姨，满脸吃惊。

"结婚了吧?"我又问。

他挠头，五官皱成一团，看情形我说了不该说的话。他回答没有。

"为啥都不结婚嘞!"我俩堵在过道，火车咣当，我得扶着。

年轻人扑哧一笑，摸摸鼻子，打量我。罐子我没抱着，外套我脱了（卧铺原来比家里暖和），红围巾叠在枕头上。我穿了一件儿媳妇给的毛衣（她穿过的），套上一件马甲，唯独不寻常的就是我的头发。新的一天，梦里的事情正在发生。

"阿姨，你去哪里?"他问我。

"上茅厕。"我说，"快带我去。"

我往前推他，他受了冤枉似的，扭头说："结婚不是游戏呀，阿姨! 怎么一见面，就问人这个。"

我随口一说："咋不是? 就是游戏。"

他停住脚步，示意我茅厕到了，我故意变本加厉地说："等你到了我的年纪，就知道什么不是游戏!"

我推门进去，留他原地愣住。脱了裤子，我摸摸身上，没纸，只得先尿。火车猛地一个耸身，我一屁股坐坑里。要是死在这兔子笼里，我可给——先别说要脸面的朱家——娘家丢人了。我可不能在这阴沟里翻船，可不能刚出发就被抬回家。还好，不痛不痒，我只当火车的玩笑。一招一式坐起来，嘴里喊着老天爷，脚下往洗手池那儿挪两步，手接着水一点一点把腚帮子洗了，心里不由得想，人一老，什么时候都可能死的。这是老天爷的游戏。

我婆婆杨虎荣死那天，好个秋天大太阳，一切都跟头一天一样。艾尔克去上学，农家活告一段落，四处都是闲人。上午，四婶（她活到九十多岁，七十岁迷上吃白糖喝醋，我准备学她）过来了，与婆婆对坐闲谈了一阵，商量着下次一道去赶集，顺便到小诊所瞧瞧。她们两个妯娌说十句话，中间的空白能填上二十句，都眯着眼看向院子，院子里有整齐的木料和做好的桌椅。四婶走后，婆婆躺床上休息了一会儿，我做好饭她起来吃两口，说了一句"你四婶比我松散啊"，又回屋躺下，再醒来就是病发。等艾尔克下午放学，堂屋、院子收拾一空，族人都到齐了。当时没人注意艾尔克，他应该吓住了。很快，婆婆即咽气走人，没让子孙们费一丝工夫。

婆婆那一代，朱家七个兄弟，落定的七个妯娌中（单我公公就娶了少说三个），最凄苦的是七婶。从得病到蹬腿，她窝在床上长达五年，头生虫，床发臭，久病床前不见孝子。桦昌每次回来，磊子哥叫他务必去看看，并放下两张票子。那屋里没有灯，艾尔克小时候不敢进，小辈们都知道七奶奶住在鬼屋里。

婆婆后来对我说："数你七婶来的时候最风光，坐着大花轿来的。"

艾尔克希望我活到一百岁，我自然愿意，要是活成七

039

婶那样，我就一头撞墙寻死。六十五岁那年夏天，我患上静脉曲张，医生说要开刀，从大腿到小腿，把筋脉通一遍。我当时听着直哆嗦，不是怕死，怕多一个瘸子，连累三个孝子（到时候，三个孝子不孝，肯定辱没朱家的名声），我受罪是小事。

老大兴之笑话我胆小，他一笑就有门儿。他联系到一个专家（对我声称是儿媳妇小厚多方找来的，我面上点头，心里并不买账），把人家从上海请到郑州，那专家因为在商丘有老同学，于是又回商丘。隔了有二十年，我又挨了一场"千刀万剐"。缝过针下手术台，老大兴之第一句话是手术很成功，他明白我的担心，我不会成为一个瘸子。艾尔克三天后才到，一身风尘的样子，不知从哪儿赶来。大姐正扶我去撒尿，他看见了脱口就说："这跟我做的梦一模一样！"

看来我有此一劫。我们娘儿俩总是互相做关于对方的梦，以此来问卜吉凶。反正我们都傻乎乎地信。他撩起我的裤子一看，缝了足有一米，就像衣服反面那一道车线。他大了，不能哭，只好笑。我说，你不用在这儿。他待了一天，大概了解到我果真没事，就走了，不知去向。一直到出院，大姐伺候左右，捎饭倒尿，每天都来。姐夫病逝后，她跟着儿子住在商丘，我们姐妹恰好补上几十年没工夫说的话。期间，杨家第二代女将接连来探，朱家门里的媳妇也一一走过。她们来的时候，大姐自觉退出房外，待人走了，我们姐妹再一个个说她们，谁薄情，谁实诚，全都评定。这个时候，我会悠悠地意识到我姓欧阳，我和大姐同有一个清晰的来处。

我第一次挨刀，艾尔克三岁，他不记得了。我正抱着他，忽然肚子疼得躺地上打滚儿。家里没人，艾尔克坐地上，不吭不闹，看我爬到门边，拿扫把砸门，他还笑呢。那天小云恰来看我，跪地上扯着嗓子喊，艾尔克吓得哭。送到医院时，我早疼得去找我姥姥，医生从我肾上割下一个苹果大小的瘤，肚子免不了划拉一道口子。等艾尔克上小学，买了一把文具尺子，拿到我肚上一量，走完一把尺子，还有余。

吃过这些岁月的涩果，来到七十岁这一年，磊子哥又献上一顿刺激大餐（大孙子老说：今天我们吃大餐），我思量趁着尚活蹦乱跳，放下朱家这座大山，又能咋样呢？那天回到故道驿站，我让艾尔克停远一些，又让他先回房间，他乖乖照做，没有多问。我自己留在车里悄悄打给欧阳，叫他订票。

"去哪儿，老姐姐？"他问我。问住我了。

最远，我就到过郑州。随即，想到艾尔克跑遍天南海北，那就走他的老路吧。越想，这个法子越妥，这个孩子，我并不能看明白他。他的第一站是哈密（后来发现记错，他上大学时，就去了东北），要是这一次在老天爷刺激下还走不出去，那我到死也就困在吴屯镇了。

"哈密，"我说，"现在订票，明天回到郑州，我就走。"

挂掉电话，热热的勇气一股一股上身，过了这一关，我就能活一百岁，再看周围，不过是我挥手告别的一草一木。打开车门下了车，驿站后面的河传来欢乐声响，我抬脚走向坐下我们一大家子的房间，心想我的磊子哥大概还没睡醒。小郡先跑了出来，挤着眼笑，老二有福气，生了个闺女。接着艾尔克走出来，他抱起小郡。再接着，我大儿子二儿子还有他们的媳妇小厚小齐等等一群人，全跑出来了，像一条一条挤在一块的鱼，真热闹。

五

泡面，两桶，搁在我眼前小桌上。吃饱不想家，饿了也没心情想家。到哈密的年轻人给我泡面，我付他一百块钱，他接住塞到口袋里。我看他背包里全是泡面，够我俩吃一路。他带我到接开水的地方，我学着他一步一步泡上面，然后一手托着，一手压着，沿着过道再返回，晃晃悠悠。小窗边没人坐，我俩赶紧占过去。至此，我离家出走的第一顿饭有了着落。肚子里有饭，一个人上路的恐慌也跟着和在饭里了。

窗外的风光，除了一马平川的大地，接着就是远山，不见树，不见人家。磊子哥在砖窑厂干过两年，能人到哪儿都是能人，他带领的小班组每个月都是五星第一，烧出的红砖谁见谁服（我拿来垫折腿木柜的两块砖就是他从厂里拿回来向我显摆的）。可惜厂子很快倒闭，我随他去收拾铺盖，他一个字不吭。整个厂子全部拆光，一个砖头也不留，全剩碎渣，辽荒的几百亩地面就像现在我看到的。

那时候，吴屯镇穷得厉害，好年景吃红薯吃到烧心，坏年景扒树皮吃，吃得整个镇不见一棵好树。嫁到朱家我才知道，前一天磊子哥还在房顶铺草。亲事定下来的时候，我们的房子一块砖还没找到呢，最后四面墙起来了，只差屋顶。几经托人，磊子哥拉来两架子车葵花秆，连夜糊上纸，盖帽一样往梁上一放。婆婆杨虎荣看着实在丢脸，又从娘家拉来了好草，一大家子人现编，编成大席，磊子哥爬上去又铺一层，婚房得成。

从砖窑厂回来，他又不停歇再找活干，除了槐昌桦昌，我还有四个小姑子没出嫁（最小的小姑子刚过十岁），三顿饭都等着磊子哥去挣。那时候我总找说法往娘家跑，哭死不愿意再回吴屯镇，每天睁开眼就是坐在灶前烧火，熏得一身黑，饭罢再洗碗刷筷，不见一天消停。我姥姥心狠，说："谁让你笨呢！只会烧火……"

"泡面好了。"年轻人说。

他打开泡面，白烟飘出来，我的心神又回到这火车上。过往的日子全部消散，就像这烟。我想我就算笨，笨这么多年也笨成一朵花了。我学着年轻人打开我的泡面，这烟不像以前的烟，一点也不熏人的眼睛。这时穿制服的小媳妇儿推着车走过，年轻人拦下来，拿了四桶泡面，从口袋里掏出那一百块钱付账。小媳妇儿找过零钱继续往前推，那小车真灵巧，满满当当，有的都有。年轻人把零钱塞给我，四桶泡面放我铺上，开始吃饭。

"先买四桶，阿姨。"他说，"你不能总吃泡面。到饭点的时候，他们会来卖盒饭。"

"谁们?"我问。

他指指推车的小媳妇儿。

我笑说:"哦，那个小媳妇儿。"

年轻人捂肚子笑，叉子都抖掉了。这种桶装泡面我是第一次吃，说不定也是第一次见，反正坐火车上吃泡面是头一回。跟着年轻人一起吸溜，真是一下让我心满意足了。喝过汤之后，我准备留着这个桶接水喝。年轻人拿出两根火腿肠，递给我一根，好像知道我没吃饱。他说:"前面到兰州我就下了，阿姨。你饿了，自己买饭吃。"

我忙问他:"你不是到哈密?"

他说他要在兰州转车，我脑子一转，管它蓝州红州，跟年轻人一块在那儿转车就行了。

年轻人无声地笑，眨着眼对我看了又看，说:"阿姨，你不是离家出走了吧?"

我点头给他看。他还笑，说:"那你去哈密找谁?"

我如实回答，学他咬开火腿肠，三口吃完，我真的还没吃饱。年轻人又摸鼻子，应该在想应对办法，我也想知道他去哈密干什么。

我抢在他前面说："你带我去买高血压药。两天没吃药了，要出事。你得带我去买药，我身上就这一个毛病，这不能耽误。"

他指指床下的罐子。我说："临走前，我去看小妹，她给我的小桃红花浆。"

他问那是干什么用的，我指指我的头发。年轻人很稀罕，长长吁出一口气，一个七十岁的老太婆，抱着一罐花浆离家出走。

我看他心有所动，于是巩固我的想法："带我去买药，我请你吃饭，咱们一起去哈密。"

咱们。对，咱们。好不容易遇上一个好人，我得赖上。

他还无声地笑，托着小腮帮子听我说，末了，我问他去哈密干啥。

他反问我："阿姨，我倒想知道，你到了哈密什么打算?"

我耷拉下脸，说："吃不到药，说不定就死在路上了，不想那么远的事。"

年轻人于是叫我收拾行李（只有一罐花浆），没过多长时间，就看到外面的风景变成楼房——到站了，我的第一站。"跟我走吧，阿姨。"他说。我知道他不会甩下我。他的行李也只是一个背包（那四桶泡面我叫他装起来），说是去哈密看看妈妈。我看他脱了拖鞋装袋最后装包，好像很有长途旅行的经验。这让我想起了艾尔克。不过，我不会多问，我并不总是笨蛋。

出了火车站，他提议存上行李，去排队买票。他的票是晚上的坐票，我也拿出我的意见，叫他退票，我们在兰州待一晚上，没必要赶那么紧。他摸鼻子，我知道有谱，直接拉着他去退票。我也是瞎拉，卖票的地方在哪里我也不知道。

年轻人一腔热血，说："那也别去排队了，我在手机上退票，然后把咱俩的票全订了——行李也不用存，咱们直接去找住的地方。"

他掏出手机，又说："身份证给我，阿姨。"

我掏出来给他，欧阳说不带身份证，出不了门。

年轻人接住身份证，瞅我一眼说："阿姨，身份证可不能随便给陌生人。"

我点头。他在手机上扒拉一会儿，又要我的手机号码，我一字一顿背给他。我趁机看兰州的天，看不出什么滋味来，人也是两只眼睛一个嘴。我还不知道我走出多少里了，吴屯镇又在哪个方向。

年轻人忙着买票，念念叨叨，认真诚恳，感觉他像个小炉子。我包里最多有五千块钱，除此之外，身上最贵的是艾尔克买的棉袄，只有红围巾我还没戴够。算命的说，无论我去到哪里，都遇不上坏人，还有好人帮忙。反正我信他的。那是我婆婆杨虎荣娘家的远房侄子，瞎了一只眼，戴着土黄色眼镜，个头是杨家人的风范。就是他，第一次来吴屯镇，磊子哥请他到家闲坐。他一见着我，就指着我说，你肚子上有红痦子，有福。我不信他胡扯，他说你去看看。我还用看，我身上有没有我不知道！磊子哥叫我去看看，我钻到屋里扒开衣服一看，真有，我的娘，我活了几十年，竟然不知道我肚子上长有红痦子，还是俩（他后来猝死在麻将桌上，我还为他掉了几滴泪），可我的福呢？

我们一老一少，一包一罐，按图走了三里路，才找到旅馆稳住。年轻人走得轻快，走路恰好是我的强项，我们离开火车站，并排走过兰州的街道。朱家门里的两代媳妇，没一个走过我的，如今我更厉害了，走到了兰州的地界上。我虽说也不知道兰州在什么地方，知道它离吴屯镇远远的就对了，离郑州也不近。我还碰到大好人带我，这叫人激动得发晕。

年轻人好像知道有这样一家旅馆，他大概是个经常出走的人。我掏出一把钱给他，让他付账。刚才的票是他买的。

"阿姨仗义。"他说，从我手里抽出三张，"一个标准间，介意吗，阿姨？"

我哪知道标准间，只管点头。砖房草房，好房漏雨房，什么样的都住过。房间里是两张床，中间一个小柜，墙上挂着电视，下面是一个桌子。门边是茅厕，我赶紧去尿了一泡。我们俩又挤着各自洗了把脸，我摸摸头看看镜子，光洗脸还不行，我又支支着把头发洗了，我的头容易生油。艾尔克说医生说这是好事，气旺，六七十了，气还不虚，说明身体强。年轻人帮我要了一个吹风机，呼呼吹半天，我们轻装出门。他说带我去看黄河，路上碰到药店，顺便买药。细心的孩子。

路上没能碰上药店。因为出了旅馆，他又扒拉手机，直接带我坐上了直达公交。我俩并排坐着，好似母子，他的瘦像艾尔克。

我说："我老家也有黄河。"

他点头："那不错，黄河从兰州流到你们家。"

我心想，黄河一路也不容易。

他忽然一问："阿姨，你为什么离家出走？"

我说："不算离家出走，儿子知道。他和你一般大，也不结婚。"

年轻人说："阿姨您张口就是结婚，结婚真有那么好？"

他倒提醒我了，结婚有什么好，呜呜嘈嘈半辈子过去了。

下了公交车，年轻人说前面就是黄河。我先听到轰轰的水声，在故道驿站听到的动静不是这样的。兰州的黄河，声沉。我们穿过最后一道街，黄的河忽然就涌进我眼里了。

年轻人说："和你老家的一样不，阿姨？"

不一样。兰州的黄河活脱是泥浆，四处奔腾，只是河面窄。老家故道里的水，清凌凌的，老老实实的。我又想画下来，我能画成吗？要是成不了什么画家，像我老师那样，想画什么，就能画出什么，我也知足了。小时候跟姥姥学绣花，她总骂我："你绣的哪儿像花啊，像烂叶子！"要是姥姥是个画家，我八成也能成个画家，我就可以画出兰州的黄河还有吴屯镇的南河。可这黄河奔吴屯镇不回头，我这辈子也不能重新来过了。

艾尔克小时候，我和磊子哥曾问他长大以后做什么，因为我们俩挨个儿跟病魔交手，我们想让他做医生——也只是想，没人推动着去做这件事，艾尔克比不上兴之茂之的运气好。磊子哥看他柔弱，也想叫他去当兵，我护着不同意。虽说生他的时候想要个女儿，怪就怪在，随着艾尔克长大，我越发疼惜他，不舍得他干一点活儿。茂之可能因为这个难受过，我在看小郡的这两年才后知后觉地想到这一点（我多多少少在艾尔克小时候冷落了茂之）。现在艾尔克成人，做了一个报社的什么编辑，我不知道那是干什么的。他一人独住一室，我去看他，同住几天，他天天对着电脑敲来敲去，敲得喊累，看样子比收麦累。

深夜醒来，我给他端水，电脑照得他像一颗水珠，他该是找到了自己喜欢做的事。我在上了快十节课时，七十年来第一次悟到啥是"喜欢"。艾尔克懂我。接着，菩萨差使着一样，我反问自己一个问题：欧阳凤，你"喜欢"朱磊昌吗？这叫人吓一跳。结婚那天第一次见到他，小小的眼，我是偷偷叹了气的。他是个有担当的男人，知道疼人，能踅摸到稀罕的葵花秆搭屋顶，有各种本事挣到一家人的饭食。所有人都服他，所有事都得有他露面。可是，我"喜欢"他吗？

是"喜欢"，不是别的；我"喜欢"他吗？

进一步，我还问自己，在和老二茂之的矛盾里，我是不是惯用行孝来压他了？那本是自然而然的事。当时茂之面目可恨，我一手捂着胸口，一手也拿令箭穿过了他的心。三个儿子当中，我还得问自己，我是不是真的在哪里忽略了茂之？按下葫芦浮起瓢，七十年积攒的问题都冒出来了。

河上有桥，我走上去，脚下泥浆轰隆，像打雷。随着河望出去，不知它从哪儿奔过来，流过吴屯镇后又到哪儿去，这又该是哪句诗能用在这里？兰州的人们见惯了这水，走在街上，一眼都不看，就好像走在小河沟旁。

"我们走吧。"我说。

"去哪里?"年轻人问。他是我的旅伴、朋友。他年轻、清醒，可以好好找一个可心的姑娘。他还自由，甚至也可以叫 Forest，可以有很多名字，也有时间成为那个名字。而我，只能叫欧阳凤。

"去买纸和画笔。"我说。

六

　　兰州像梦，我坐着有多长时间了？一包白纸，一桶彩
铅笔，一根带橡皮的铅笔，全在桌上了，仍不知道画什
么。月亮从树梢落到屋后，年轻人睡着后一直蹬被子，我
给他盖了四回。抽出来的那张纸——年轻人说那叫A4纸，
仍是空白。

　　为了买这些画画用的东西，我们跑了一大圈。我都
说不买了回旅馆，年轻人很有劲头，他很想看看我画的
画，这让我有压力。我那点本事，怎么拿得出手。他说
画什么都行，可我画什么都不行，他大概知道我紧张，
先去睡下。

　　年轻人买了一只杯子，一拃高，肚子却大，到旅馆后
一刷，转身给了我。我拿着它，走到窗边看夜空，黄河的
水声还在耳边回响。我还是忍不住想家里，老大这个时候

该到长沙了。我算是哪门子的亲娘，遛着自己的儿子瞎跑。眼前没有办法啊，兴之，我想。几十年来，人生处处结涩果，个个难以下咽，可我睡觉从来没有差过，要熬出好福气得活得久才行。兰州的这一夜，我不能轻易睡下，实在想涂出一些画面，哪怕是一些简单的横横竖竖的格子。夜空墨蓝，并不发黑，月亮最后在屋后散发光泽，稀释了屋顶上那一小片夜空的蓝，颜色像艾尔克爱穿的高领毛衣，艳艳的。Forest 到底教过什么？我一个技巧都记不起了。他调水彩时，就像玩把戏，颜料就是他的血，同学们呜呼称赞。我调出的颜色，说好听是彩虹，从手腕到手指根本不随心走。

　　我又回到桌前，整个倒出彩铅笔，挑出中意的蓝色，泼墨一样开始往纸上涂，涂到下面剩两三指的样子，我又拿深灰色的笔，告诉自己尽量随意一些，碰到纸还是紧张得端起架子，总算勾出一个屋顶。放下笔，续上一大口水，我拿起纸看看，又看窗外，还差星星。彩铅笔里面有灰白色，比锅底灰白一些，我在夜空上点了四五下，尽量带点小刺，效果不赖。这样下来，我出汗了。最后，月亮在屋顶露出一个弧，涂抹完成，赶紧反扣上，感觉身上某一块被换掉了。搁下笔，过了瘾，我忙去睡觉，我的高血压最怕缺觉。

躺到床上，大哥欧阳贤从窗户飘进来，刚才看夜空，打开窗户我忘了关。他在窄窄的窗台坐下来，背靠窗棂拉起二胡。两年前他死于一身杂病，欧阳家在我们这一代只剩女眷了。鲜花芬芳——这是我们兄妹四人的名字，源于一个到我家化斋的和尚。姥姥讲这件事，骂骂咧咧当作一辈子的笑话，她与我父亲终生不能坐到一张饭桌上吃饭。

那和尚被我父亲郑重邀请到家中，院子里他种的茉莉花正开（现在想想，他真是着魔于养茉莉）。

"那个师父一声阿弥陀佛，"父亲对我们回忆，"走到茉莉花前说：鲜花芬芳。"

早在大哥出生前，父亲就定了将来他孩子的名字（想必也计划好就要四个孩子）。姥姥嫌弃他是窝囊废，玩弄花草，还毒害孩子。第一个孩子出生后，管他男女，名字于是叫"欧阳鲜"，母亲不同意（姥姥给她施压），父亲妥协为"欧阳仙"，姥姥本来在伺候月子，气急走了，这事撂下。半岁时，名字定为"欧阳贤"，众人满意。后面，我们姐妹三人出生，跟着就是"欧阳花""欧阳芬""欧阳芳"，"小云"则是我自己叫起来的。后来上户口，派出所的晕蛋又把我的名字听成"欧阳凤"。看来，我注定了要气喘吁吁找找自己。

大哥二十岁那年，我十来岁，村里来了一个马戏团，在晾晒场搭台杂耍了好些天。白天晌午饭时间，他们挨家挨户收点看戏钱，有的不给，有的给点粮食，阔绰的才给钱。人们听到二胡声（姥姥说那是野猫呜叫），就知道他们来要东西了。那是两个父子模样的男人，年轻的只管拉二胡，年长的端着大盘子，哈腰笑脸。

大哥见到二胡，稀罕得围着那年轻人转。不久，马戏团整装要走，他非要跟去，拜那个年轻人为师，学习拉二胡。姥姥听说此事，找上我父亲，又是一顿数落，废物老子果然教出了出息好儿子。欧阳家只有大哥一个独苗，父亲不同意他出门："拉弦儿唱戏，那是下等人！"我姥姥惊讶于父亲一个玩弄花草的怂货说出这样的话。父亲那时的心境，我现在寻思，也并不是密不透风。他八成是想让儿子学二胡的，给他这个自由。大哥找向二胡，他说不定还高兴呢，若有本事，还一定会让儿子尝试更多玩意儿。偏偏他没本事，不敢冒着养出窝囊废儿子的风险，这才昧着自己的心说出那样的话。

那时小云五岁，母亲生育后一直虚弱不支（我揣摩不透怀揣秘密的她，怎么跟父亲生了四个孩子），不见复原，马戏团走后第二天，大哥消失不见，母亲当场咽气。姥姥拿烧火棍抽父亲，父亲在镇上追上马戏团，果然逮住大哥，捆在家中直到人家大部队走远。

自那以后，大哥果真守在家中，没注意又过十年，父亲大梦初醒，买来一把二胡，大哥甚至都没看一眼。我和大姐相继出嫁，大哥大门不出，从不提娶媳妇的事。远近的人都知道欧阳家出了一个傻子，没有媒人愿意说媒。命中注定的嫂子最后带着三个拖油瓶出现，他们两个也算和和睦睦过了他们的日子，最后关头生下一个他们自己的儿子。

　　入殓的时候，大姐主张把二胡给大哥带去，嫂子果断拿出了它。往事自行拉起弦来，呜呜不止。我品品嫂子的意思，说："扔了吧，大哥不会拉。"

　　冷风吹进屋里，大哥——二十岁的模样——坐在窗台优哉地拉他的二胡。我坐起来听他诉说，全在弦音里了。拉了那么一段，他转身飘走，那张我刚完成的画也跟着他悠然没入夜色里。二十岁的大哥，我七十岁的时候看原来是这般模样，清清爽爽的，漂漂亮亮留着洋发式，眉啊眼啊都中看，只是明眼可见的虚，像个空有皮囊的报复人世的鬼。二十岁，能拉弦儿，是他在那里的自由。

　　姥姥为什么没有稀罕大哥呢？她唯一的孙子呀。她老人家绣花，不骂骂咧咧的时候，说话轻声细语，愿意把你头上的头发数清楚。我随她学绣花，最初是她骂我笨，学到最后，她发现我另有通透处，毕竟一朵又一朵花在我手里盛开来。对大哥，她的孙子，她老人家好像生就对姓欧阳的男人缺乏耐心。回忆娘家，我猛然发现两个姥姥隐在云烟处，一个捏绣花针，一个拿烧火棍。当绣花针从她的头发里穿行而过，她的心神好似被带入另一个世界，彩线铺的路直通那里。不用说，大哥的心神则随马戏团永远地走了——他永远二十岁，在地狱的某个马戏团。

姥姥活到一百零二岁，我最后一次见她，她老人家神明，知道那是我们祖孙的告别（几天后，她在睡梦之中死去，无人知道。磊子哥出头打理了一切后事，看在这件事上，我是不是也得在任何时候原谅他），她噘起嘴笑，从床头柜里拿出一个包袱，打开包袱是叠好的一块布，灰蓝色，手织的。"打开。"她说。我打开一看，是绣的一丛茉莉花，一只蝴蝶飞在其中。这一只蝴蝶是谁呢？是没能和小军官双宿双飞的杜姑娘？"那是你爹。"她说。哀哀的语气里全是疼惜，真是少见。这就是了，孤独的可不是杜姑娘一个啊，老妖精都懂。她的女婿她了解，她的孙子她也疼，可杜姑娘的戏只跟小军官唱。

大哥走后，我又大睡一场。等一睁眼，天亮好了，窗户果真开着，风扬起窗帘。年轻人正看我的画，大哥没有带走。

"今天怎么安排?"我问，心中不由自主地期待。

他说画儿很棒，递给我一杯水，顺手又关上窗户。我一口喝完，他靠着窗台，似笑非笑，说："阿姨，别赌气了，回家好好学画画吧。"

"到哈密看一眼再说。"我说，"今天怎么安排？"

他说："昨天药没买到，再去找个药店看看。"

我下床穿鞋，说："这不重要。你先想想怎么安排。"

他笑说："我们还有火车要赶，阿姨。"

我看看窗外的天色，问："现在几点？"不在吴屯镇，我也看不出时辰了，在郑州也不行。

他说："天还早。这幅画送给我吧，阿姨。"

我忙说："不行！带我出去烧纸。"

趁街上人少，我去把画儿烧给大哥。回想昨晚的梦，他应该想要我的画。一出旅馆，兰州的天几乎拍到我脸上，一切——看到的闻到的——跟七十年的哪一天都不一样。我们拐进一条小路，走了几步，我蹲下来，这才发现没火。

年轻人在我边上蹲下，说："阿姨，再画一幅给我，打火机就给你。"

我从他手里夺来打火机，眼里这就热辣起来，说："你还抽烟呢，看不出来。"

他问我给谁烧纸。我点着那画儿，碎碎说了几句，两个人默默看它化为灰烬，冷风一招吹散，稍一眨眼，消失不见。

我站起来说："让我哥看看我画的画。"

沿着小路继续往里走，我们先去吃了早饭。年轻人领我进到一家拉面馆，清利利的热汤喝进肚里，大哥被我抛到脑后。年轻人要了一大碗，他有健康的食欲，一碗看着还不够填饱肚子。我吃完等他，掏出手机并打开它，又是一窝鸡崽儿放出来。我给艾尔克打去电话，别的人可以没有娘，艾尔克肯定挂心我。

"你不在长沙!"他大声喊。

朱家的男人不会低声说话，磊子哥在我耳旁吼了五十年。尤其他耳背以后，说一句话整个楼都在回荡。艾尔克一开始也有这毛病，三两句就发急。后来，他变了，我不曾说他。现在，他吼起来了。

我夺来年轻人的碗，喝一口剩下的汤压惊："你不用找我，艾尔克，你在长沙? 我早晚要去那儿，那个寺庙，我一定去看。"

他继续喊："你在哪儿?"

我说："你不用挂心。刚刚，我给你大舅烧了纸，他跟着我呢。"

年轻人抬眼看我，我把碗还给他，他不动。我示意他继续吃，兰州的面条筋道，在朱家擀了几十年面条，白干了，我擀不出这种嚼劲。我明白磊子哥骂我笨蛋什么意思，蛮干、不听劝，还不出活儿。

艾尔克在长沙叹气，传到我耳朵里，呼呼的，像刮风。

年轻人不哼不哈给我端来半碗热汤，我往汤里倒了半瓶醋，猛喝一口，希望也能像四婶那样长命百岁。年轻人坐我对面静静看，长沙的气氛从电话里跑出来了。

我最后说一句："告诉你大哥一声……我挂了，你们回家吧。"

艾尔克那边好像来了人，他缓和语气说："郑州乱成一锅粥了，二哥跪在小叔跟前——"

我挂掉电话，马不停蹄关机，对年轻人说："走吧，血压上来了。再买不到药，你得背着我去医院。"

年轻人说："阿姨，你还要去长沙？"

我理所当然点头。

年轻人问："阿姨，你知道长沙在哪儿不？哈密在西北，长沙在南边，几千里地呢。不是老家赶集，阿姨，就从兰州回家吧，我给你买票。"

我拍拍额头，说："头晕，我的血压……"

我们出发去买药。年轻人按照手机指示带路，来到药店人家问我药名，我傻眼了。不得已人家拿出所有的降血压药，摆成一排，我从里边认出我要的。

　　我们又沿着小路返回，到了旅馆，我的旅伴叫我休息，他去超市买东西。我抽出一张 A4 纸，快速把昨晚的画再涂一遍。窗台没人，鬼使神差中，星星我多画了几颗，月亮挪到了高空，整个画面亮堂不少。屋顶画完以后，发现它空荡，想叫个人坐上去，可惜我画不出人的神。

　　小厚的妈妈，也就是我亲家，磊子哥说那是个能人，一个人蒸出几锅馒头来，毫不费力气（他又没本事娶到那样的媳妇）。我来朱家五十年，蒸馒头一概发不彻底（我姥姥说因为我的手摸过长虫）。磊子哥扯着嗓子指导几十年，效果还是那样。艾尔克宽慰我，他年年指导却不见效果，那是他的错，他才应该反思。我望着空空屋顶，想到艾尔克并不单是宽慰我，他说到了褪节儿，我一个人低头，压根儿不够。只是，谁能料到，这场拉锯，我本来看轻了，却稀里糊涂卷到我与茂之这里：可怜的孩子，你在郑州跪下了……

　　扣上画，我烧上一壶水，等年轻人回来，一包一罐，我们再启程。

七

　　吴屯镇朱家在我公公这一辈兄弟七个，这七个蹿天的男人又生下少说十五个儿子（我已经不能算清）。我那六个叔公当中，除了老五跳井自杀，其余还算善终。他们的十五个儿子，经五花八门的血脉一搅和，终于看出衰败的苗头了。吴屯镇被黄河故道分成两半儿，他们十五个堂兄弟散落得哪儿都是，整年不见往来。我的堂妯娌松松花最早看出朱家后辈要不中用了，因为女人先不中用了，女人不行，男人就行不了。随着岁月往深里走，嫁到朱家的女人唱罢戏开始谢幕，死法五花八门。

　　第一个就是松松花。她是唯一一个没在朱家生下子孙的媳妇，这是洗不掉、抬不起头的耻辱，一辈子钉住她。艾尔克出生后，我死里逃生，找到算命先生问艾尔克一生。果然，这孩子不该来偏要来，非得认下一个干娘才能存活。与婆婆商议之后，我找到了没做成母亲的松松花。她当即同意。松松花就是我七婶的儿媳妇，鬼屋里那只喝水的碗就是松松花端过去的，她们婆媳也就这一点情分。多的，她们互相都给不了。

松松花喜欢扎两个麻花辫子（一直到死），黄白的脸过于精小，嘴里牢骚不停，每年艾尔克生日必端来一瓢煮鸡蛋。可惜，从娘家带过来的哮喘折磨得她不能久站，那冒尖的一瓢鸡蛋看上去那么沉，我赶紧叫艾尔克接住，她立马蹲下来喘气。每年年三十，我必叫艾尔克去陪她吃饭，从艾尔克八岁，一直到他十八岁，一年不落。走之前两天，松松花躺在床上只喝稀汤，后来清水也灌不进去了。我叫老大去学校接回艾尔克，务必守在干娘跟前，直到最后。松松花活到五十六岁，头发不见一根变白。

我和磊子哥都是睁眼瞎的农民，对孩子的教育全是朴素的情理。有关生死，按照正常情况，三个儿子该先从我和磊子哥这里经事儿。艾尔克最小，却提前上课。松松花发病时，艾尔克握住她的手，喊两声干娘，掉几滴眼泪。我心上如受锤击，这一幕，记到老死（说一句只能对姥姥说的话，我养的儿子给别的女人送终，我实际上不情愿）。发病的间歇，我让艾尔克回家喝水，他太累了。还没到家，松松花咽气。他又跨过黄河故道的大桥往回赶（磊子哥对此又在众人前大吼一场），我在路上截住他，告诉他先在门口磕头，人已经躺在堂屋的棺材里了。

"守着棺材哭一场吧。"我交代他。

松松花一生微如草灰，为治生育顽疾喝过童子的尿，数次想回娘家看看而不能，众人担心她死在颠簸的路上。一点儿痕迹没留下的一生，没生下一个孩子，只有一个人叫她干娘，执拗地扎着两个麻花辫子，急促咽气而灭亡。这堂课，艾尔克应该受了刺激，当时我该跟他"谈谈"。我总是想起我在大桥上截住他时，河面的光映到脸上，他又静又惊慌又啥都不说不问。

第二个走的是杨家第二代女将中的一员，由我婆婆牵线嫁到朱门，生下四个儿女，培养出一个教授，与我家就隔着一道墙，一心要继承我婆婆杨虎荣的风范。不料，五十八岁查出白血病，半年拉垮她，胸口顶出一个大包，两年整女将不得志而终。那时节，磊子哥在外求医，我甚至没能送她一程。作为婆婆，四婶又活了多年，她一生不与杨家的女人争辩，尤其最后那一二十年，只要不缺白糖和醋，万事悉听尊便。就在同一天，四婶唯一的女儿（我们姐妹还挺投缘，她嫁得也不近）也突发疾病而亡，为此，朱家的媳妇们都传四婶的长寿是有来头的。我不掺和这个，女人各有各的遭数。

东边的女将刚走，转眼过了年，西边的邻居查出食道癌。他们一开始封锁了消息，本来朱家十五门，我们三家连着，该当亲密，消息却还是听外人讲出来的。我这堂妯娌心气儿盛，近二十年，生了四个女儿一个儿子，五十岁被儿媳妇赶出家门。患病之后，食管切了一截儿，生生往上提，又是一个难以进食。我诚意去看她，她撑着气与我谈笑，不服输的样子，我比她还累。

左右夹击之下，我不得不细细掂量人生的安排。尤其上了画画课以后，我更惜命。Forest的本事，我不敢说学完，七八分得学到手，在那之前——这多半是一段漫长时间，我得保重身体，按时睡觉，注意锻炼，避免生气，尤其不能生闷气。我的身体在挨过两次刀以后，未再冒出其他不良信号，除了高血压、血液稠之外，一切都处于稳定之中。产前风的后遗症——太阳穴上面那一小片时常紧绷疼痛——成为困扰我的阴影，至于飞蚊症、牙齿不适、关节脆响等等，都在老大的关怀下化为乌有。他说等我不能动，他可不伺候我。菩萨保佑，别给他这样的机会。

我第一次萌生出走的念头，不怯别的，心里害怕的仍是疾病。我不想再在地上爬，也经不起挨刀了。郑州广大，七十岁还爬，恐怕我要爬到咽气。Forest讲课之前，要么背诗，要么看风景，这两样前奏都成为刺激我离家的痒痒挠。他找的诗与风景原来是配对好的，我不懂诗意，眼看着电视里的风景却想到了头天背的诗。Forest 冷酷严厉，懒得提示这些，两个月之后，我发现了。我和同学们课间练习，他在我身后给一个烫头的大妹子同学答疑，我扭头向他求证这一点。他居然红了脸，抿嘴止住笑意，我等他说话，他挪步走了，叫人看不明白。我隐隐觉得，他是不是怕我？

他无数次重复一句话，也可视为严师的训诫：你们的心呢，同学们？你们的心就是你们的方法，任何技巧都比不上一颗跳跃的心。

于是，我的心告诉我：你该走了，欧阳芬，不，欧阳凤。再不走，可怕的病魔就会找上你，七十三八十四，阎王不接自己去，还有三年。

最后一哆嗦就是磊子哥刺激的：出轨——这个词是从松松花嘴里学来的，艾尔克的干爹（他没有子孙，名字不提也罢）跑到镇上找女人，她蹲地上装糊涂，想张牙舞爪地发脾气却站不稳，顶多躺床上背过身去，对我说是：他出轨。松松花初中毕业，刚嫁过来的时候还举着书看呢（小媳妇儿们都笑话），后来才全神应对疾病。我不懂"出轨"，看她的样子料定七七八八，我猜想他们连行房事都困难了。镇上的女人说愿意给她男人生孩子，谁知道她哪里听来的镇上女人的话。整日出不了门，八成是自己折磨自己。松松花说：我一头撞死，让他们过吧。

她可能连撞死的力气都使不出来，老天爷。

撞墙的傻事，我不干，说不生气那是假的。我与磊子哥五十年，没见一面而牵手结婚（我公公和我爹，两个明眼不是一路的人，不知怎么缘分那么大，交情好到托付儿女。听说他们同去武汉要过饭，但我不能相信我爹身上有这大事），什么爱情啦，不谈，人是肉身，日久谁能无情。看他四处奔波，张罗一家吃穿，我心疼；又看他腿断，空有志向，不能施展，我心急。五十年草屋变高楼，五十年人走魂游，磊子哥就算背驼肩塌，也有我靠一靠的地方，眼看一生达成，却烂尾成这样（对，烂尾，艾尔克教我的词儿）。

我看似有几个地方可去，又不可去。一是回吴屯镇，心里的波荡平息之前，决计不能回，从郑州到吴屯镇，又有啥区别？娘家，爹娘的骨头都糟了，大哥也埋在土里，我去找谁？孙八楼，有姥姥才是我的孙八楼。郑州，千万高楼，无有我一片瓦——只有去看风景，在课堂上看景儿，不如走出去看真景儿。我知道的地方就是艾尔克逃去的那几个地方，西北是新疆，东北是锦州，南边是长沙。一联想到艾尔克，我发现缠成一团的乱麻悠然一变，谁说我无路可去无家可归？当我决定沿着艾尔克出走的路线走一遍，心胸顿时都敞开了，扫荡阴云的风不断灌入。原来一切其他问题都可以搁下来，一想到或许可以凭借这条路线走进我小儿子的内心，我恨不得即刻出发，看看路上能不能捡到答案：究竟，他当初为何远走？

下一站就是哈密，答案在路上等着我。下午上车，年轻人带我找到铺位，途中他总回头看我，怕老太太跟丢，于是我与他并排，他称赞我腿脚轻快。不错，到郑州看小郡，我的确提了一股心劲儿，一直提着不敢咽下。要是在吴屯镇闲散，我必然不能攒起这股劲儿。我学会了使用手机，一人应对现代化的城市，还要费尽思量与乖张的城里人打交道。小郡的妈妈小齐，我承认她与茂之共过艰难，可她也太把钱当宝贝了。正是她，逼着哑巴说话。千年婆媳难题无解，每当这个关头，我就会自责，我太笨了。我感谢她，在斗争中（我何曾与她斗过），我年轻十岁。我身体里睡着的那一块，可能到死也醒不了，叫她刺醒了。

年轻人与我都是下铺，我们俩侧卧，面对彼此聊风景，不知不觉呼呼睡着。我再次明确一件事情，这次旅程，我只为艾尔克和我自己，其他的事都能勾掉，带着这份暗示，一觉睡到天黑。年轻人说天亮就到哈密，他泡好了面正在窗前等我："吃碗面吧，阿姨，吃罢继续睡。"我下床去撒尿，他要跟着，我把他摁下。一路走到茅厕，四处不见多少人。小红牌亮着，我又往前走几步，隔壁车厢不是卧铺，乌泱泱坐满了穿红外套的学生，看年纪仿若当年出走的艾尔克，个个热烈笑谈，真像抖擞着精神去新疆开荒。

我情不自禁走了进去，红红的孩子们海一样包围着我。他们说的话，我一个字也听不懂，但又不是外国人的话，那些字眼甚至不能走进我的耳朵里，在耳边晃晃又飘远了。他们也开始泡面，一桶泡面四个人嘻哈哈地吃，一张小桌，八个人围着掰扯一个问题——我假装等人暂停脚步，那是什么问题，我七十年的人生里不曾耳闻。走到车厢尽头，我想起还有一泡尿，就去茅厕先把尿排掉，狠狠泼了一把脸，又出来。同样的火红，同样的海洋，我再次穿行而过，因为已入夜，他们个个压低声音，显得可爱极了。

恍惚中，我和小云去地里找姥姥，姥姥没找到，两个人误入一片不见尽头的油菜花地。越走越深，高高低低，一条垄都寻不到，不像人种的，连天上都映着油菜花，大团大团的云飘然而过。我只顾寻找出口，小云早不在手里牵着了。我听见她喊："姐——"我只能回应一声，却听不出她在哪个方向。哪里都一样，天上地上，望不到头，都是黄色的花。我叫小云一起喊姥姥，我说一二三，我们俩朝天大喊："姥姥——"

她老人家不应。

要是她老人家还在，这趟远门，我肯定带上她。她肯定一激动，再多活十年。我们俩慢吞吞地四处看看，好风景都在前路，过往的都不必再说了。

八

哈密，要不是跟艾尔克扯上关系，我可能到老死也不会听说它。想必七十岁是我的大运，绝不可能发生的都发生了，我正乘着老天的顺风，坐在去哈密的火车上。我生了艾尔克，这不错，可他也造就了我，又老又新的我。

从那次之后与艾尔克零星的谈话中，我得知他在哈密住在一个独居的维吾尔族人家里。近十年的时间，我假装无意提起，他一开始躲闪，一年一年过去，扎手的往事逐渐变成一桩不得不说说的经历，他会不由自主地回忆发生在哈密的某件事情。我一字不落地听，听到最后我问他这是什么时候的事呀，因为听着像别人家孩子的事。他就说，那时候我在哈密呀。我哦一声，并不多问，怕他警惕。现在，我又想到另一层，艾尔克可不是什么"不由自主地回忆"，必定还是考虑到我想知道。他揣摩到我的心境了，他的心事就是我的心刺。

　　火车还在无边戈壁滩哐哐赶路，我醒了，可仍觉得人在梦中的火车。天色再褪一层昏暗才能亮起，车厢静悄悄，只剩火车的行进声响。我坐在窗边，头脑轻盈，这是睡眠充足的表现，只要能睡觉，万事自会翻篇。我尝试在大地上找个物件儿，竟然看见火车头，它的腰身灵活得像一条长虫。年轻人说这是戈壁滩，等看到有房子冒出来，基本就到了哈密地界。我先看到一排白树皮的树，通体抹了白石灰一样，太阳还没露头，它们闪着光。

　　我从年轻人包里抽出一张纸，拿出画笔，趴在小桌上画发光的树。它们快速退后，走了一里地，又迎来一排，不知是我眼花，还是树在变色，它那亮白的光不如前排。天色渐明，树却在变暗。我站起来，趴玻璃上回头看，来不及了，我只有闭上眼回想，画面很鲜活。我直接挑出一个颜色，试着先把大地涂出来，尤其太阳刚冒头，橘色的光贴着地面射过来，放眼全是疙疙瘩瘩小沙砾，个顶个闪着光。

　　我慌得一身汗，一鼓作气涂完一张纸，发现不妙，叹气无招。我又翻过来，先画树，直直的树干，一字排开，一律顶着一头树枝。我停下来看它们，跟我脑子里的画面出入很大，外面闪过几间平房，孤零零的。有房子了，哈密要到了？我硬着头皮把余下的空间全涂成戈壁大地，这费了我好大力气，热得脱棉袄。最上面我留了一指甲盖的空间，画出半拉橘红太阳。我正要在戈壁上散涂一些橘色，想要稍淡一些，回头发现我的树竟然全无光泽。

我找出白色铅笔，在那白树干上涂了涂，效果不明显。我一阵丧气，光到底在哪儿呢？我慢慢回想，树发光的时候，天还没亮起，我三两下涂掉太阳，涂成天边的小山头，树的光应该不是太阳给的。

小媳妇儿喊一声：哈密站到了。我折好纸，往外看，太阳遮在火车后面，大地上一道剪影，火车像小孩的玩具。我叫醒年轻人，一边慌忙收拾行李。我正掏出那包纸，年轻人摁住他的包，说："分行李吗，阿姨？"

我坐到他铺上，笑说："到地方了，你该忙你的了。"

他下铺穿鞋，说："你准备去哪里，阿姨？"

我逞能说："四处看看，我就回去啦。"

他三两下塞好行李，说："抱好你的罐子，阿姨，咱们下车。"

不知道他的意思，我只好跟上他。出了站，迎面一条小街，太阳照进一半，紧紧缩缩的小站，看着挺安心。街两边的房子只有两层，还没有朱家的楼高，出站的人本就不多，散在清静的街上，眨眼工夫不知去向。这就是哈密的火车站了，艾尔克当时散到哪里去了呢？

　　走过小街，年轻人直奔向一家包子店。真是想不到，我们两个居然坐在一起吃了好几顿饭。那是小笼包，是我爱吃的。朱家人只有艾尔克知道这个秘密，是他第一个问我喜欢吃什么。我不告诉他，因为这个问题听起来实在生硬，实在叫人脸红。嫁到朱家，从有什么吃什么到买什么吃什么，没有人问过我喜欢吃哪种水果，哪种蔬菜。以前是磊子哥，现在是茂之，他们买什么，我做什么。喜欢，是个笑话。

　　上大学以后，艾尔克快速发生变化，眼见地乐于笑谈，眉眼舒展开许多，只是仍瘦弱。我当时猜他遇见了自己喜欢的姑娘，也没问，他也不说。每次回家，他会特意带回一些零食甜点，非得每一样都让我尝尝味道，以试探我喜欢吃哪一口。看电视、包饺子、饭后散步，他看似随意地完成他的试探。我不点破，一一告诉他。可我从没说不让他告诉别人，我心里其实希望他不乱说，事实证明我们母子之间有值得彼此信任的默契。有些人，我宁愿一辈子不让他们知道我喜欢吃什么。

　　小笼包是我到郑州以后，艾尔克带我去吃的，也是随意的街边小店，我连吃两笼，他连连拍掌（这不就是天伦之乐）。哈密的小笼包似乎比郑州的大一点，年轻人直接要四笼，我的饭量他见识过了。我们两个互不搭腔，一口一个，静静摞起四个空笼，那两碗粥，还一口没动。

他拿住勺子，准备喝粥了，转而对我说："我家里有个馕坑，我妈做好馕，有人拉到街上去卖。我妈一个人太辛苦，阿姨，住我家里去帮忙。"

听语气，他可不是跟我商量。

我端起碗喝粥，说："我很笨，面都和不好。"

年轻人端起碗碰我的碗，说："说定了。"

饭罢，我们又坐上一辆车，悠悠转转，原来还要走过茫茫戈壁滩才到城里。我忘了艾尔克说过的那个地址。我问他住在哈密哪里，当时没想着去看看，只是想在脑子里设置一个具体的地方，不然每次想起他的出走，画面都是流浪的，实在叫人受不了。艾尔克说出那个名字，这个地方就在我脑子里自动落成了，我能随意进到那里，跟艾尔克一起居住。要问这个地址是哪几个字，谁知道！反正，艾尔克说出它的时候，我的脑子就有了一个地方。

哈密的城跟商丘没差多少，街面上不断见女人围着各色头巾，那就是维吾尔族人了。车上有几个深眼窝高鼻梁的男人，说出的话我也听不懂，我与年轻人并排坐，这才发现他也是深眼窝，但整个样子又不像维吾尔族人。我们在一个广场的边上下车，接着穿过喧闹的广场，哈密的孩子长得很好看。他带我一步步走出柏油路，楼房忽然变为平房，有些还是土墙，这在吴屯镇都少见了。年轻人说我们已经出城区，那这就是哈密的农村了吧。路边是一条干河沟，我们沿着它走了两里地，沟里挺干净，沟那边就是白皮树，一路都是。拐进一个胡同，土路疙疙瘩瘩。那时我骑洋车子去找姥姥，孙八楼的疙瘩路也是这样。年轻人忽一声"到了"，前面不远一家门口站着一个妇女，头缠蓝巾，身穿黑裙子。年轻人跑过去抱住她。

我想我姥姥，每回去孙八楼看她，她都能在路上迎住我。当时不觉得神奇，现在想，她老人家怎么知道我要去看她？怎么还知道我那个时候就快到了？

"快进来，快进来！"维吾尔族女人向我伸手，看样子她知道我要来。

我也伸手，并歉意地笑（忽然觉得自己像个要饭的人），我们抓住彼此。这手像我大姐的手，大姐说极少的话，我有灾殃时却定住我的心神，她代替母亲，一把承接住姥姥的无穷力量，快要成为我的娘家。可惜这次出走，尤其不能回的就是娘家。

维吾尔族大姐的院子着实不小，四处翻飞着灰的白的鸽子，应该煮了羊肉，满院热情的香气。我也爱吃羊肉，磊子哥嫌腥气，他种了一辈子地，少见的爱干净，我承认收拾家务我没他利落。刚吃过小笼包，我们又坐下啃羊骨头，一人守着高高一盘，真是暖心的招待。他们轮着催促我快吃，我学着他们母子拿起一块，刚咬一口又放下，起身脱掉棉袄，放下拘谨开吃。维吾尔族大姐拍掌大笑，抖得头巾滑下去，原来是两根黑亮亮的麻花辫子。

一顿海塞之后，我再也不想吴屯镇了，一件事儿也没在心里搁着，我一高兴，宁愿一撅腚死在这千里迢迢的戈壁滩边上。死之后，顺手埋在戈壁滩就行，能挨着那发光的白树最好，老老实实化成树的养料。我婆婆杨虎荣不小心透露过一个秘密，那一年过端午，我们俩围着灶台炸糖糕。天怪热，她一直淌汗，眼盯着灶膛里的火愣神，我说火大，她抽出一根柴插进青灰里。

我想问她，没张口。接着，她老人家好像嘴瓢了，说："等我死了，我不想跟你公公埋一块。"没人在的时候，她会说"你公公"，不说"你爹"。她也是从媳妇过来的，公公就只是公公。就凭这一点，杨虎荣也得是杨家女将的老大。

我忙我的，热油滋滋，冒出一身大汗，她继续说："娶了几个女人全埋在那一个坑里，太挤。想想死了还得跟他们挤一块，真没意思。"

我知道她只是牢骚两句，再是女将，也是女人，绝不敢干出这种事。我捞出一个糖糕放凉，递给她尝。她拿在手里不吃，我就话赶话问她想埋在哪里。

她看火，说："直接烧了，撒了就行。"

我接着问撒哪儿。

她想都不想就说："往屋后树下面一撒就行，不费事儿。"

屋后有一片好林子，一到秋天我就去扫树叶，拉回家当柴，磊子哥就骂我没出息。后来，这片林子也伐了，不止这样，印象中好看的大树都伐了。我记得磊子哥当木匠那几年，隔三差五都有树倒，也没落个如今的景象——吴屯镇变得越来越丑。

婆婆咬一口糖糕，最后又重复一遍："我嫌挤得慌……"还交代我探探她长子的口风，这时女将的风范落下来了。日后，我忘了这事（心里只当她说笑，没当成正事），最终也没有林子可撒她的骨灰。

这大西北人家的羊肉真神奇，让我像回到故里。不是吴屯镇，不是娘家，也不是孙八楼，反正是那么一个地方。吃饱了，又叫我想起死，死在故里。过了七十岁，不管你愿意不愿意，都得多想想死，跟死连在一块，活着才是活着。一盘羊肉就能连接生死，姥姥啦，杜姑娘啦，杨家女将啦……等我回去，给你们上坟端羊肉。

年轻人领我到卧室，只有我们两个，我问他哈密的羊吃什么，他笑答，吃哈密的草。他提起炉子上的水壶，火光映在他脸上。他说:"这房子好多年没人住,我妈居然收拾出来了。"房子不大,一个大通铺占去一大半,我一摸是热的。他伸手放墙上,说:"哎!墙也是热的呢。"炉子上扯出一根管儿,插进墙里,好大的威力。吴屯镇几代爷们儿再有能耐,还不是每年冬天都要挨冻。

他走到门口,说:"休息休息吧,阿姨。"

我的确得喘口气,车上车下,戈壁城区,七十岁的身体快顶不住了。我掏出手机开机,给艾尔克打电话。

艾尔克当头一问:"你去哈密了?"

我问他那个地址,并强调让他发短信,我实在认不全,年轻人可以看。

他说:"你在哈密等我。"

我说:"先发给我地址,现在发,不要挂电话,不发,我就离开哈密。"

叮一声,短信来了。

他又说:"在哈密等我。"

我笑给他听,说:"我也住在一个维吾尔族人家里,他们煮了好吃得叫人想死的羊肉,你吃过吗,艾尔克?我死了以后就埋在哈密,好吃哈密的羊肉。"

艾尔克不搭腔,只说:"你太任性了。"

我听着极像磊子哥,声腔、语调,都像。

我得意道："你爹知道了吧？他知道了，只有羡慕我的份儿。"想想老大，又说，"告诉你哥别再找我。他还找着呢？"

艾尔克忽然说起我的老师："Forest 在找你。"

我忙问："他从长沙回来了？还是没走？你告诉他，我很快就回去，我的课要给我补上，他会不会不干？"

艾尔克说："他会，他最烦的就是学生旷课。"

我说："你告诉他，我一直在练习，一路在看风景。"

艾尔克终于问道："你怎么住进别人家里的？"

我想起发光的树，便问："戈壁滩上白皮的树是什么树？"

艾尔克笑了，说："那是杨树，也不认得！白杨，那是白杨。"

我说："等我死了，就埋在白杨树下面。"

艾尔克急了："你才七十岁，别说死。我也不负责你死的事，咱俩先说好。"

我故意笑道："反正死了，也做不了主，说也是白说。你问问 Forest，怎么才能画出发光的白色？这个问题傻不傻？白杨树的皮会发光，就在天快亮的时候。你告诉他，我在画白杨树。"

艾尔克不回应我，手机里连喘气声儿也听不见。

九

　　看看窗户，天还没亮，凭感觉是该起来做早饭的时辰。这一觉，又深又静，精力回归，还能再来一场一千里的旅程。炉子应该灭了，墙上床上都摸不着热气，两床棉被盖着也不冷。有人开门，房子久没人住，门卡在地上，维吾尔族大姐夹着一个火煤球侧身进来，胖胖的身影，脚下挺轻。她夹出燃透的煤渣，换上火煤球，又加上一个新的，砰一声打开风口，掂起水壶，又侧身出去，往上提着门把关上门。我静静等着，炉里变红，随着天色一点点亮起，屋子里重又暖和起来。

　　我起身盖上风口，到院子一看，大姐正清扫院子，鸽群全在天上飞着。一个土坯的灶膛里烧着火，口朝上，却不见锅。我想这该是年轻人说的馕坑。

　　她看见我，向我指茅厕："在这儿的呢，在这儿的呢！"

我走向她，问她那个冒出火苗的灶膛："那是馕坑，大姐？"

她说："对呢，好吃的馕就从这里烤出来，好吃得很！"

我走过去探头一看，里面可不小，口子往里收。磊子哥没出事，再年轻几岁，也能徒手在院子里垒一个。

大姐往里添柴，说："等烧热了贴上，一会儿会儿就好了。"

我学她拍手，她也拍手，嘴上却冷不丁说："馕坑盘上，他就走了。"

我先没听懂，看她叹息，忙抓住她的手，眼后热辣辣的。一时间，我也不知道说什么，火苗烧出坑口，像火热的心溢出的情。等坑里烧热，我们携手走进厨房，好似久别的姐妹。她说起她死去的男人，我说起我那要作死的男人，男人怎么那么多。大姐的厨房目测能绰绰放下两张双人床，怕有九尺长的窗户，快占了一面墙，大案板就在它正下面，也能躺上一个人。窗外是密密一片小树林，不是别的树，正是白杨，个个小腿粗细，白生生一片。

馕坯做出来，我跟着大姐端到馕坑，看她一个接一个贴上去，有几次烫到了手，沾沾水，继续。我看她的手比我的细不了多少，我的全是裂纹，她的则是疤痕。贴完以后盖上，天大亮了。她说："哈密比你们那里晚一些。"我心想，黑白颠倒才好。吴屯镇的人睡大觉的时候，我正满世界跑。

年轻人一觉睡到鸽群正呼呼回家，鸽哨轰鸣，他捂着耳朵来厨房寻吃的。我和大姐正装馕到塑料袋里，她说等会儿有人来取。打了两坑，我粗略数着有六十个，也是辛苦。等年轻人吃下一整个馕，我捏着鼻子喝了一碗奶茶，大姐让我快喝，壶里还有。我不得已喝了两碗。

取馕的人迟迟不来，大姐被人叫走帮忙做棉被。年轻人打去电话一问，取馕的人来不了了。我想了一个主意，对他说："我负责卖馕，你带我去——"我掏出手机开机，让他看艾尔克发来的信息，"这个地方。"

他盯着手机，念出声："青隐寺后面，阿热阔恰61号。"

他看完，我又关机，说："不管几号，馕卖完，带我去。"

他忽然问："奶茶不好喝？"

我说："好喝的呢，最好还是只喝一碗。"

他撇嘴："等你喝了三碗四碗再说。"

我想想，问他："家里就你们娘儿俩？"

他说："我爸生病走了——他是汉族人，我们本来生活在内地，他走后，我妈又回到哈密。"

我知道男人走了，可两个人还是太冷清，孩子不会一直在家，就剩下一个女人。他走到院里，几只鸽子飞落到他脚下，又说："这是我爸走之前买的院子，馕坑、厨房都是他一手建成的。"他蹲下来，鸽子跳到他胳膊上，"他生前一直说养鸽子，我妈替他养上了。"

　　我回屋提上馕，年轻人无奈地笑，说："馕能放好久呢，阿姨，我们留着自己吃。走吧，我们去看看那到底是个什么地方。"

　　院里停着一辆电动三轮车，我们骑上它去找寻艾尔克住的阿尔阔恰61号。这几年时间里，艾尔克提过几回要回来看看，他惦念的是再吐古丽，收留他住了十多天的维吾尔族女人。他在郑州独居，老是做一种面食，尤其深夜，他工作得饿了，会不嫌麻烦专门和面做出一碗。这个面食，就是再吐古丽当年给他做的羊肉汤饭。

　　艾尔克到哈密也是冬天。后来我们能平心说起他的出走，只要一说起哈密，那冬天的寒气必定不分时节直侵到我身上。那几天哈密每天都漫天飞雪，吴屯镇也降到零下十度。眼看临近年底，再得不到他的消息，我会神经。就像现在所有人都拿我没办法一样，艾尔克更绝情，朱家门里的人，他一个都没联系。他在我梦里放下狠话：休想从任何人那里得到我的消息。我生日前一天，艾尔克打来了

085

电话。我故作冷静，闭紧嘴憋住要喷出来的哭腔。我问他什么时候回来，过年做肉做菜，要不要做他喜欢吃的甜米饭。他说不用做，说得轻巧无味，他要在跟前，我必须抽他脸上。我这边开始淌泪，也不敢哭出声儿，他也看不到。他那里像点个卯，就要挂了。我不知道说什么，也不敢说"现在给我回来"这样的话，就问他那儿下雪没有，他说下得正大，下得不停。最后，别的人也一概不问，结束这个完成任务一样的电话。

我召集所有人开会（我真要发飙，朱家的男人也不是个儿），两个儿媳妇小厚和小旮连连说新疆多冷啊，新疆多大啊、远啊，新疆到处都是沙漠啊，去哪儿找人啊……我再也撑不住，他们继续开会，我回屋里痛哭。这个时候就显出闺女的好处，我哭死也不见人来问一句，两个儿媳妇板凳都没想着坐热就滚蛋了。我反锁着门，她们要来，也休想进。

我婆婆杨虎荣生前说过的话，都是金子。尤其那些以"我对你说，兴之娘"开头的话，必定是她蹚出来的路。她说，你就记着，多好的儿媳妇，也不是自己的闺女，隔着肚皮呢。我那时候单纯，她说这样的话多傻，我就是她的儿媳妇，听了会咋想？我们相处一场，几十年没红过脸，她一直跟着我和磊子哥住。我如今明白，她是不让我瞎幻想，别因为没有闺女就觉得儿媳妇有多亲似的！

哭了才明白，儿媳妇什么都不算。

过了年打春，艾尔克回来。正是三月初一，他知道我会在家做供烧香。天刚亮，一锅水烧滚，浓浓水烟腾在半空。我从灶里起身，看见一个人立在厨屋门口，那么薄，浑身湿漉漉的，背个包，两手空空——还能是谁？眼前一黑，我差点倒地上死过去。我假装拿扫把扫地，嘴上说："来给我烧火，我正忙不过来。"他踏进厨屋，放下包，我闻见他身上的味儿，是我的儿子。我又往锅里添两大瓢凉水，好让他烧。

一连几天，磊子哥压着脾气不吭声，清明节众人都到，他自觉脸面又挂不住了，还是没憋住，数落了一顿艾尔克。我假装在厨房忙着做菜，耳听着这个朱家男人说出什么花样来。还是那些道理，他自己不嫌恶心，艾尔克不会听进去的。朱磊昌一生有办法，对孩子却全是没意思的道理。

谁料，他忽然猛问："你为啥跑？你说！"

连问一串，无人说话。我走到厨房门口，哐啷一声，板凳砸地的声音传来，我奔过去，众人正拦着那个姓朱的。我当场恼了，拼上老命也得扇朱磊昌的脸。我那四个小姑子不拦她们的大哥，大卸八块一样拽住我。一时朱家热闹透顶，婆婆杨虎荣在条几上的框里看着一切，眼前为她准备的供还热着，肉啊，菜啊，还有她爱吃的炸糖糕。

我的眼泪不争气地流出来，回头看艾尔克，他慢慢走出去，留给众人他的背影。这是朱磊昌当爹的罪，我还得警告艾尔克不能原谅他。这就埋下他第二次出走的祸根了。该死的朱家人。

艾尔克的哈密，我已经在里面了，肉贴肉，筋连筋。我感觉我走进了艾尔克的身体里，看看到底藏着什么。年轻人的三轮车，我们并排坐着，速度风风火火，寒风吹得我有点迷糊。我不仅要找艾尔克，还有我姥姥，我婆婆，杜姑娘……她们都可能在前方出现，给我一个指引。

香气让我骤醒，也让我一阵踏实。我们的车正绕过一座寺庙，看牌子我只认识一个青字，绕到后面，拐进一个笔直的巷子，风裹着香气充满其中，寺庙里传出念经声。在巷子口，我让年轻人停车。他看我，我深深地看进巷子，腿有点发软，我的朋友拍拍我。我说我要走过去，他说他陪我。我们下车，他紧挨着我，我们一起去找61号——一百以内，我能数到。

谁能跟我说说，艾尔克是怎么走到这个巷子的?! 他穿越戈壁，冒着风雪，一个人走到这里，心里是哪般滋味? 谁能告诉我。我踩着他的脚印，越走心里越怯，走了十来步，脚抬不动了，年轻人默默扶住我。泪珠子一串一串往下砸，姥姥走的时候，就是这样（没错，艾尔克也走过一回了）。我的旅伴，多好的年轻人，强过我的儿媳妇，他抱住我，我听着我连声儿都抽出来了。我的艾尔克。

鸽哨掠过，沿着巷子飘忽忽远去了，一个干老太婆能有多少泪。路过一户人家，年轻人就看看门牌，我忽然间一个字都不认识了。走着走着，谁知还藏着一个十字路口，他让我等着，自己往四个方向都看看。艾尔克的十字路口，风雪封存。

年轻人找到了，站在门口指给我看，也不喊，怕吓跑了人。我走向他，穿过艾尔克的风雪。门锁着，我们两个灰不溜秋站在门口。不断有人路过，都是维吾尔族人，还有孩子，他们都看我俩。斜对面门里走出一个女人，黑巾黑裙，比年轻人的母亲还胖三分，热情挂在脸上。

她问："找谁的呢?"

年轻人看我，我说："再……吐古丽。"

这个名字，艾尔克第一次说我就记住了，我能从他的眼神里看出那个人的重要性——再吐古丽，我一下想到姥姥绣的梅花啦，茉莉花啦（对，而不是父亲种的那一丛茉莉花）。

她又问："你们——什么地方来的?"

年轻人用维吾尔语与她交流，不过三言两语，她提起裙子回家了。我问年轻人他们说了什么，他脸色一沉。

"我想进去看看。"我说。从外面看，这院子不像有人住。

"刚问过，不知道这家人搬去哪儿住了。"

"我们在这儿等等。"

"我去把车开过来，我们坐着等。"我的朋友说，他拿我没办法。

我怕是有些发烧，脑子晕乎乎的，以为艾尔克正在来阿热阔恰 61 号的路上，一会儿就出现在巷子里——老天爷，我把他接住了。多大的风雪，我等到他来，教训他一顿，当年父亲捆绑大哥的画面闪现脑海。都说外甥像舅，我看不假。姥姥绣的花，父亲的茉莉，大哥的二胡，我的画，还有艾尔克非要没完没了地写（我曾逼着艾尔克考取公家，挣个铁饭碗），四代下来，几经断裂，残喘着气儿，还是颤巍巍一脉续了下来。

年轻人开车过来，我又不想等了，迎着他走过去，也不停，他又调头，跟上我。

"你说，去哪儿?"他说，三轮车嗡嗡叫。

"在这一片走走。"

"上来吧。"

他停下，我要坐上去，脚软绵绵的不听使唤。我的朋友连忙下来扶我上车，我真想睡过去，头一歪靠住了他的肩头。兴许因为他的棉袄，我的朋友那肩头软和和的。他说："咱回家吧，阿姨。"我晃悠头，说："就在这一片儿转转。"路边的哈密，一晃而过，开到十字路口，他随意一拐，大路两边都是桑树，这个树我认识，那么粗大，我没见过。我姥姥养过蚕，不知道她愿不愿意来这里养蚕。她早早来这里养蚕，能把艾尔克接住。车越开越快，年轻人一句话不说，人们都看我俩，大眼睛，高鼻梁。开到尽头，他拐个大弯，折返回来，一直往前，硬邦邦的土路扬起尘土。

十

　　我是笨蛋，我和的面十次有九次发不好，艾尔克和面却是在我这儿学的。他在郑州一个人住，我去看他，并找个理由跟他一块生活（那个时候我就开始悄悄注意他了）。我看他做饭，不像朱家人，也不见欧阳家做派，从冰箱里拿出菜开始，他的心就投在上面。朱家人因为家大人多，做饭要速度，做熟吃饱就行；欧阳家一贯对付了事，姥姥住进来后，桌上才有明眼的改善；反而我婆婆杨家，同样挨过饿，对待吃食手上格外能腾挪，吃饭看得比天大。我婆婆，杨家女将的头把交椅，什么样的男人能入她的眼啊，从艾尔克出生到她撒手，从头到尾她都稀罕艾尔克，最弱最不起眼的孙子，她最疼，现在我知道根儿在哪儿了。要是她老人家活到一百岁，艾尔克说不定都不会出走。

艾尔克做一个人的羊肉汤饭，和的面看着只有两口，他在案板上揉啊揉，就像在和它说话。羊肉切好腌下，他直接下手抓，争取每一个丁都抓过（他切成比黄豆大一圈的肉丁，切出一把），不戴一次性手套。我在茂之家住，小齐高兴了要做饭，腌肉必戴手套，她嫌脏。艾尔克则在拿心对话。在他的小屋，我不戴手套。我不强求别人，七十岁的人也不委屈自己，跟谁能过，就跟谁过。

他说他买不到在阿热阔恰 61 号吃到的那种南瓜，管它切丁切块，无论炒煮，就是无味。再吐古丽那碗羊肉汤饭，一下子改变了他养在朱家几十年的那副肠胃。这谁能料到?! 作为生他的女人，我心里发酸。在郑州安定下来后，因为独居，他可以一天三顿饭都做羊肉汤饭。我吃到的第一碗，是他深夜做的。我们俩各持一勺，话语轻轻，吃到底朝天。我吃着吃着忘了吃的啥饭，整个人晕晕乎乎的。和艾尔克这样亲密对坐，除了小时候抱着他，我竟然忍不住害羞。我悄悄看他的心，发现他吃了秤砣要一个人过下去。

那夜，他照旧叫我先睡，自己准备熬夜。我躺床上似睡非睡，一颗心自然而然就在那悬着，直到听见厨房的动静。我起来看他半晌，他一心和面、腌肉、切菜。想起关门时，他才看见我。我来跟他住，就是看他怎么度过一天三晌儿的，关门也白搭——关门我可以打开，锁上我可以敲了。我靠在水池边，看他做出一碗汤饭，心里喜忧难言。什么都学会，就不用娶媳妇了。

年轻人带我到一家汉人开的小饭店，汤饭有两种，我一样要一碗，看有没有再吐古丽做的那种。走到这里，我意识到自己不全在找艾尔克的足迹，心里原来嫉妒那个女人，看看究竟是什么样的味道夺走了我生下的朱家男人的胃。两碗羊肉汤饭端上来，都没有南瓜丁，年轻人见我灰心，起身要走，我拉住他。

"还有别家卖。"他说。

"不去……"我说，"找不到了。"

我递给他一把勺子，俩人各吃各的。店里坐满了男人，他们进来之前先在店门口洗手，一个小壶放在那儿，自己倒水自己洗。每个男人的肚子都饿得隆隆叫，有的是汤饭，有的是拌面，嘴里吃着，桌下的肚子还叫。我看自己的，这才是我的第一碗——这个滋味应该才是艾尔克不忘又不能复原的味道。

"艾尔克说他要来哈密，"我说，"我等他不?"

年轻人更关心再吐古丽的事。

我吃得有滋有味，说："不能让他来，还是别让他知道为好，他是个心重的孩子，不像你。他随时随地都会丢，都可能不要自己，我不知道他竟然长成这样的孩子。我到现在才想到这里，他是我的儿子啊。"

我掏出手机开机，准备打给艾尔克，难道要教训他一顿？手机又是叽叽乱叫，我让年轻人看都有谁打电话。他说了一串名字，我叫他删除记录，拿着太沉。说到欧阳，年轻人说打了一二十个，我夺来手机，打过去。

欧阳一声长得过头的哎呀，说："老姐姐，快回来吧，小云出事了。"我丢下勺子，问啥事，两个太阳穴上面顿时绷得要炸。欧阳只说快回来，生生挂了。我正要打过去，转念一想，打电话费事，先回小周庄再说。

"订票吧。"我看年轻人，我的朋友。

"去哪儿？"

"回家。"我说。

"你先吃汤饭，"他说，"别急，我现在看票。"

我冷下心，这才打给艾尔克。

"你小姨出事了？"我问他。

"我不知道，我在火车上。"他说。他在撒谎，意思是你的小云的确出事了，你别激动。

"你不要过来，我这就走了。"

"我先到兰州转车，"他说，"你又去哪儿？"

年轻人轻敲桌面，说："只能先到兰州转车。"

我对艾尔克说："你在兰州等我，我们在兰州见面。你现在就买从兰州回吴屯镇的票。"

艾尔克说："哪有到吴屯镇的票?! 我们只能先到商丘。"

我的手开始抖，年轻人这时说："下午就有回兰州的车。"

我问艾尔克："你什么时候到兰州?"

他说："明天。"

我想想又说："我也明天到兰州，你在出站口接我。"

艾尔克说："手机要开机啊。"

我挂掉电话关机。

年轻人拍我的手："不要急，阿姨，下午的票我订好了，时间还有，你吃完这碗汤饭，我们先回家，我再送你去车站。"

我吐口气点头，又把手机开机，一咬牙打给小云，已经关机。被告知关机，原来是这个滋味。

回到家，院中只有鸽子咕咕，大姐去帮忙被留下用饭，我怕是不能与她告别了。年轻人说我还可以睡一场，以备战长途旅程。我拿了纸和彩笔到厨房，趴在案板上画外面的白杨林。画的下面是案板，案板上有一支擀面杖，透过大窗户，外面是林立的白树干，不见树冠。我不再纠结它们发光的事，等见了 Forest，再请教他。

画好涂了色，我扣在案板上，一步一步走出厨房。年轻人骑着三轮车正等我，鸽群落满他身，车上的则乖巧地一字排开。

"走吧，朋友，"他喊我，"三轮车送的话，我们现在就得出发了。不过我有好路走。"

我回屋里抱我的罐，出门时绊了一跤，罐子甩出去，红似血的花浆洒一地，点点滴滴溅到白鸽身上，小云肯定出事了。年轻人跟着叫一声，跑来收拾干净碎片。冬天的地太干硬，红红的水洇不下去，聚成一个血水窝。

我说走吧，他说走吧。

我仍坐到他边上，我的朋友转动车把，三轮车发动起来，鸽群张开翅膀，飞落到地面。我们先是走在一个接一个巷子里，南北的，东西的，斜着的，又路过田地，最长的一段还是在戈壁上。看不到头的荒地啊，不长草，不长庄稼，人们怎么死心塌地生在这儿住在这儿了？强风嚎叫，我扯开红围巾，围住我的朋友，也围住我，只露两双眼睛。

嗡嗡叫的三轮车一路开到火车站，我以为我的朋友只送我到汽车站，然后我再搭汽车到火车站。他下车，我也下车，他的头发一路被风吹得全都飞扬起来，多好的男子。哈密的太阳照着哈密的人，他说："走吧，阿姨。"难道我就走吗？不走还能咋样？我走出几步，回头看他，他点点头，什么也没交代。我好像也变强了，不用交代。

斜挎小包，我轻巧无比进站。哈密火车站不像郑州那样四通八达，一个大厅，大家都坐在一起，有那么一个空位子，我走过去坐下，心里难受。不知道坐了多久，有人喊我，问我去哪儿，检票了。我看看日头，看不出名堂，就听一个尖嗓门妇女在那喊：兰州的检票了！

我和我的朋友同去看黄河的兰州，隔了一夜我又踏上它的土地，加上大雪纷扬，真像在做梦。我的包里有馕，一路出站，我把手伸进包里撕口馕放嘴里，走几步又撕，把嘴里塞满（我有点哆嗦）。出了站，人们四散开，各回各的家。我嚼着馕，走到广场显眼位置，人们都在快走，只有我走得重。我想我的朋友了。天地都是白的，只有我的围巾飘红，艾尔克一眼就能认出我。他必然也戴着红围巾，可我没力气注意他。昨夜听一夜火车，小云一直在耳边喊我。

没等多大会儿，艾尔克跑过来了，滑倒蹭一身雪，又起来。我知道，他不可能让我干等。我也走向他，心里害怕他责怪我。别的谁我都不怕，就怕艾尔克说我，可他又不可能说我。但我还是害怕。

"小云出事了?"我先问他,好像我们就在吴屯镇。

他打我身上的雪,脱了袄往我身上罩,眼里有点红,不知为我红,还是为小云。接着,他想憋住,眼泪仍滴下来。他小姨应该不值得他这样,肯定是看我一人在西北的雪里站着,心里难受。

我抖掉袄,再问他。

他拾起袄,不看我,说:"先上车,在这儿不是耽误时间嘛。"

他揽住我往前走,我说:"火车在后面。"

他不吭声,我随他下广场,走到一条路上,没走多远,就看见兴之和茂之站在一辆车前。那是老大的车,落了一层雪,我也认识。他们开车过来了,几千里地,两个雪人。

茂之肿着眼皮,我已经心软。兴之迎过来,只是笑,嘴里夸赞我有本事。那是,没本事就没活路了。茂之忽然冲过来要跪下,他那么胖(朱家就这一个胖人),要跪,撅腚又托肚,我张口骂:"男人的膝盖说跪就跪的,没出息!"我瞪老大,老大连忙拉住茂之。茂之也不吭声,这世上没有比他更不爱吭声的儿子啦,满当当的泪水在眼里晃,映着白花花的雪景。

大雪不歇,我们娘儿四个都成了白人,满世界轰隆隆响。在朱家忍气吞声几十年，如今我扳回一城，可我也不高兴啊，观音菩萨。在这人生地不熟的地方，看着我的茂之流泪狼狈，我心里比他还不是滋味儿。

老大说："别耽搁了，我的娘啊。"

我自行上车，朱家的三个男人跟上。我坐副驾驶，万事还得问老大。

我说："你小姨出事了？"

他说："你别慌，人还在医院。"

老二插话道："我请了一个专家……"

兴之正儿八经点头。老二是朱家他这一代里又一个当上官的，兴之说超过了桦昌。朱家的祖坟有好草，旁的人不服不行，小齐跛扈也不是没有原因。茂之变成这样，我最坏的打算里也没有这一条，可说一千道一万，孝顺是亘古道理，谁也别想动摇我一根头发丝，除非老天爷叫我姥姥或者我婆婆这两个老妖精来跟我讲。走到这一步，我欧阳凤恰好趁机立威。说到底，我不干输理的事。这些先按下不表。

兴之向后看了一眼，对我说："茂之找了一圈人，才请到这个专家。但是，他们家里边不让看，人这会儿在小周庄。"

兄弟俩开始唱和。他们不比艾尔克，只差几岁，从小一处长大，一场架没干过（这也不是好事），可性格却像两家人。他们的爹有个举了一辈子的例子，他也不怕臊自己儿子的脸，到处说。兴之茂之他们兄弟俩上学那会儿，要自己带桌椅，兴之带一套旧的（就是跳井自杀的那个朱老五留下的），等茂之上学，磊子哥给他做了一套新的（这也算靠自己的本事给自己的儿子办点事）。等到初中毕业，兴之拿回家一套崭新的桌椅，茂之则两手空空。他们兄弟俩，一个文刺青，一个闷葫芦，喝了我的血长成男子大汉，都长出利牙能咬人了。

我问兴之："在小周庄——还在家?"

兴之避开我的问题："先不管这了，你先稳住歇会儿。"

我们母子四人，几十年不见这样齐整过，没有一个别的人，又远在西北，又如此紧凑，我简直有点喘不过气来了。他们三个全由我生，磊子哥不在场，这辆车里，我让他们兄弟三个全姓欧阳，也无人敢说一个不字。转念一想，又笑自己。到如今，人生的事摊子，能收的都得收了。

车子沿黄河前行，雪花快赶上我结婚那天的气势。我叫老大去黄河边上，走之前我想再看看，他连地图都没找，直接开到黄河跟前。我说不用停，该赶路赶路，叫他落了窗玻璃，自行看雪花在黄河上面飘。

我问兴之到兰州跑了多长时间，他说十二个小时。我不知道那是多长，从他的表情来看，费了大力气。蒸馒头的时候，从盖上锅盖开始，一锅四十分钟，我只知道那个时间。艾尔克教我看钟表，三根针看得我眼花，我学不会。现在手机上直接显示，也不用看钟表了——实际上还是不太会算时间，看锅上的水汽狼烟动地了，再正儿八经看一下手机，抽柴停火，自欺欺人。

十二个小时是多少个四十分钟，促成了这场纯粹的团圆？

我头也不扭，只管看河，话不由自主往外倒。我的嘴对着寒风说，风把我的话吹到车里："我小时候……我家后面是片树林，你们仨没赶上见着，过去树林有个大坑，坑边儿一间快塌的小屋，一个腰弯到地上的老头儿在那住，没儿没女，绝户头，我喊他大爷。他挑不动水，我就去给他挑水。那时候小，我还不会用扁担，一桶一桶提，直到他的缸里水满。有一年大雨，大坑里的水漫到他屋里，把他淹死了。"

我蹚过树林去看他，他就在水上漂着，小屋塌了，也漂在水上，连根梁都没有，全是草。这些我就不讲了。

我继续倒："那会儿背老三篇，一堆孩子，都没上过学，数我背得快，我背会了就去教他们，免得他们受罚。寒冬腊月就在外面背，要把人冻死。那个时候，我老是去给我姥姥暖脚，她只让我跟她睡。我把我姥姥的脚抱到我心口上，暖到腾腾地热，你们伲以为她老人家咋活到一百多岁的？这是在娘家当姑娘的时候。来到吴屯镇，也是巧，又碰上一个绝户头，是个老婆儿，牙掉完了，一锅瞪眼儿清小米汤喝一天，我又去给她挑水。她家在西头，井在东头，别说一扁担，一瓢水她也舀不住。磊子哥知道了，说我瞎勤谨，我也脸皮薄，怕人看见，就早早起来给她挑两桶水。那时候还不是桶，是水梢，比桶还大，大男人都挑不动，我能挑动。那老婆儿非得给我一袋小米，我不要，她就种了三分地。有一年秋天，黄鼠狼拉她的鸡，气死了。我把她抱到屋里放床上，都说人死沉，她比一只鸡还轻。"

兴之忽然笑出声："你叫俺爹啥?"

啊，暴露了，我那时候叫朱磊昌磊子哥，没人的时候叫。除了我婆婆，没人知道。现在，连名字也叫不出来了。

兴之又说："娘啊，一点也不巧。哪儿没有几个可怜人，单你看眼里了。"

我不管兴之笑话，还得倒："你娘我从小都到处做善事，见不得人家可怜。我也不求啥……我七十了，你知道不？我七十了……谁能想到，我能走到这一步？谁也想不到……"

老泪流出来了，我得倒干净："我还能活几年？活不了几年，到时候叫你兄弟仨尝尝回家没有娘喊的滋味儿。我不是心疼我自己，我心疼我的儿……我的儿把我逼到这个份儿上……"

老大看我一眼，笑说："咋还哭起来了。"

我一把抹掉鼻涕眼泪，说："哭，还是得哭，这也不是哭，我……不能憋着。老天爷叫我走到这一步，那我得走啊，我不走肯定不中，我还得抖起精神，走好。这车上一个外人没有，我想说啥，我得说出来。你给我盖个小屋，我自己住，我不惹你们姓朱的烦，你们也别来气我，等到快死了，我就叫黄鼠狼把我拉走，这样都心净。"

兴之嘿嘿笑，小声嘟囔："黄鼠狼拉不动你。"

老泪又汩汩往外冒，有点没出息。我听见茂之在后面抽。这孩子，我不记得他哭过，也不敢往后看。在他身上，朱磊昌瞎忙没顾及，我也没注意，我俩都欠他的。茂之不仅胖，整个性情都不像朱家人。单不张口说话这一点，磊子哥就冒火。别的人不管，当娘的该早早注意到并操起心的。说到底，儿子有误，都是当娘的耽误的。就像现在，换作兴之，早嚷嚷着发泄出来了，我和茂之只有各伤心各的份儿。

兴之说："要不，咱找个地方，你俩好好说。"

艾尔克也说话了："说说吧，想说啥，有啥意见，想骂谁，都发泄出来。找个地方，只有你俩，我和大哥避避。"

我又怂了，摆摆手不同意。

兴之不发声地笑，谁知道啥意思。他转动方向盘，我们娘儿四个像在雪中飞，磊子哥渡南河大概也是这般，轻轻巧巧。兴之身量魁梧，又像极灵活的兔子，念及他小时候，嘴里一股甜蜜，不生茂之和艾尔克会怎么样呢？

我让他关上窗户，他说："娘啊，你自己养大的儿你不清楚？"

理儿是不错。可我自己我都不清楚。

十一

　　不知车到哪一程，我睡着了，姥姥来找我。这个时候也只有她来找我（像我婆婆，死后从不现身，死得干干净净），也不问小云，就问我累不累，跑那么远。我叫她别操心我的事，放心走吧。杜姑娘死得也干净，她的孩子她一个也不挂心。睁眼醒来，还是眼前的人叫人心疼。开车的是茂之，外面风景已经换了，他喊我娘，递给我一瓶水。我往后看，兴之在睡，艾尔克看我笑。

　　"我小时候在小姨家住过。"茂之开口了，声调悠悠的，真少见——说不定在等我醒呢。他在小云家住过？我不记得有这事。他们兄弟仨要住也是去姑姑家，姨家舅家不会去住。艾尔克这时也歪着闭上了眼，他故意这样，车里静静的，好像只有我和茂之两个。茂之又继续说："你生病那会儿，家里把我送到小姨那儿去了。小姨不爱说话，我也不说话，可我知道她疼我。那个奶奶动不动说我，她就跟她吵，还经常带我去代销点。我也不知道你出了啥事，小姨隔两天就跟我说'俺姐快回来了'。我那时候傻，不知道"俺姐"是谁，小姨说好几回，我才反应过来。她说的时候笑，我就相信是真的……现在想想，她也不知道你啥时候回来，她比我还害怕。她说'俺姐快回来了'的时候，脸色就跟你向菩萨磕头时一样……反正她信，我也跟着她信。我记得那时候，小姨一天到晚都不拾闲儿，好像家里的活儿都是她的，只有梳头的时候，她才真正喘口气，她把辫子散开，慢慢梳顺，再绑好。"

茂之忽然停住，双眼满满地望着前方，我瞄他一眼，他心里真是掖着不少事。当初住院，我不知道他们兄弟仨安排在哪儿，捡了一条命之后，我应该问了，现在也不记得了。看完病回到家，他们当时在哪儿，各自什么样儿，我也想不起来了。茂之又说："你回来那天，小姨牵着我的手在咱家等着，小姨说：'你看，我说的不是假话吧，俺姐要回来了。'等你到家，你直接抱起了你小儿子掉泪。"

这个时候，我该接啥话？他原来没有在回想他小姨，是要跟我算账。没办法，于情于理，我都不占。我说："我想起来了，你在你小姨家吃胖了，你就是从那时候开始发胖——茂之，你说这一大车话，真是不容易啊。"茂之没有再说，路边的树一晃而过，他说得我张不开嘴。这个朱家的胖子，把这个疙瘩吐出来，实在难得。只要不在心里搁着，疙瘩就解开一半了。他应该在告诉我：我就是从那个时候变的，因为你。

我们一路开到商丘，一刻不停赶到深夜。途中我说休息，老大执意开到底。我心里打鼓，小云不行了，我的姥姥又开始在眼前晃。一直到兴之说下车，我才知道小云在小周庄卫生院。挺大一个院子，支着一个黄惨惨的灯，往深处走，是一排平房。几个人从其中一间房里出来了，最前头是大姐，我们俩远远向对方伸出手去。握住大姐的手，我才看清她的脸，哭得脱了相。艾尔克紧挨着我，我又看他们兄弟三个，脸色都变了。

谁都没说话，大姐牵着我进到病房，门口全是人，可我一张脸都没看清。干冷的病房，点着一个快没火气的炉子。小云躺在一张快散架的木床上，什么都没盖，身上到处可见紫红的块。我走过去，忽然又看不见小云在哪儿，我使劲捶头，大姐抓住我的手："快跟小云说几句话吧。"大姐泣泪，我知道坏事了，我没有把小云看好。

小云喊我姐，我扑过去，哪儿都无法下手。

"姐……"她喊，"我等……等你一天了……"

我说："我来了，我……来了。"

她说："花……花浆没留住……砸碎了。"

我说："没事，不……不管它。"

她说："姐，你染上好看，好……看……"

小云嫁到小周庄，一天舒服日子的滋味都没福气尝过，嫁个窝囊男人，庄稼地里干废一条腿，一辈子受制于她的恶婆婆，最后死在这冷死人的卫生院。大姐倒在床上哭，我抹掉眼泪出病房找那个窝囊男人。他就在门口地上蹲着，连个屁都不放。众人都看我，我上去扇他，扇到自己晕倒。姥姥的话对着呢，世界上到处都是叫人泄气的男人。

姥姥早早预见小云在婆家难以善终，叫我务必常去探望她，一旦熬过她掌家的婆婆撒手，才算熬出头。第二天，我直接回小周庄，艾尔克载我，我戴了一顶黑帽，遮住小云为我染的头发。走到废墟前，我差点又哭出来，硬生生咽了回去。小云抱着花浆罐走过，门楼轰然倒塌，地上还留着一摊红。我在心里狠狠骂小云，抱着花浆罐瞎跑。她那婆婆包着头躺在床上，气息奄奄，装得很像（都是聪明人，她知道我会来找她）。她的娘家人守着她，一个小媳妇儿，我叫她出去，她敢哼一句，我一脚也能把她踩趴下。艾尔克看我，他也得出去。

老太婆坐起来："她二姐来了。"

我坐下，憋住眼泪。我说："小云走了，我来向你要个说法。"

她挺直腰，说："她二姐说笑。"

我一掌拍桌上："谁跟你说笑！小云嫁到这个家，买过几件衣服?! 去过几趟县城?! 腿生生累断一条谁问一句了?! 偏偏嫁个废物，全是当娘的作妖!"

"你——"她指着我，歪头倒下去。

我说："你也不用做样! 趁早咽气，才是这个家的福气。"

她呼一下又支棱起来："你也别想欺负人，别人怕你，我可不怕你。"

我冷笑道："你怕不怕，心里明白。以前顾着小云，我不发威，现在小云走了，周家的门楼就让它塌着吧，你也休想再盖成! 老太太，你走着瞧，惹我不如意，连你的老房子，一块拆了。"

她挥舞两只爪子，要来挠我，我抡起她床头的拐杖，一通乱砸。炉上的砂锅，桌上的镜子，茶几上的砂糖罐，能碎的全碎了。她哭天喊地，捂着胸口呜呜喘气。

我丢下拐杖："咽气吧!"

我长这么大没这么疯过。

她瘫在床上哭喊，那个小媳妇儿跑进来。我最后一脚踢翻炉子，火星子乱飞，吓得她尖叫。艾尔克来看究竟，看我的德行，无从下手。出了屋，血压上来了，我向艾尔克伸出手，他扶住我，泪瞬间花了一脸。小云作为小女儿，侍弄花草的父亲和杜姑娘对她却没有偏爱，兄妹四个，我最有脾气，他们反而最稀罕我。他们给我的疼爱，我早早地学会分享给小云。我对她的疼爱，一开始就超过了姐妹之情，那一句一句姐，就像一句一句妈一样。

葬礼过后，各归各位。人群散尽，我又走到地里，远望小云的坟头。凄哇哇的黄土地，麦苗还出不齐，斑秃一样一块一块的。我不敢走过去，冷风没遮没拦地照着我吹。欧阳也来了。

"老姐姐别在这儿喝风了。"他说。

是啊，这风喝得我透心凉。

"我准备去长沙了，欧阳。"我对他笑。

"你还是有气。"他说，"跑一趟哈密，还没捋顺。"

"捋不顺，"我说，"捋不顺了，欧阳。"

欧阳先叹气，说："反正，我看好大门，把篮球操练起来就能满足。孩子叫你学画画，你一心学好那个，这辈子就差不多了。"

这辈子到底还差多少？

岁末的太阳照得我睁不开眼，坐上艾尔克的车我就睡着了，我的姥姥随即进入梦里，我真是不敢见她。她不问小云，远远站着笑，她心疼我。我一下醒过来，姥姥那个老妖精是想我了，她带走了小云，叫我放心。我问艾尔克走到哪儿了，艾尔克是个好孩子，说："没走呢，一直在小周庄转。"我说去孙八楼。艾尔克看我，他忘了孙八楼。我们停下来，好慢慢回忆它，路两边是没边儿没沿儿的平原麦地。

艾尔克认真查地图，我一会儿看麦地，一会儿看他。孙八楼隐在麦地尽头。要是我能看地图，估计早走了，带上小云，走过这些该死的麦地。艾尔克没找到孙八楼，好像世界上没这个地方了。

我说："你小时候，我跟你讲过孙八楼，你忘了？"

艾尔克说："我会想起来的，可是现在地图上找不到它——那儿是不是改名字了？你应该知道。"

我真不知道。孙八楼，姥姥走的时候就把它带走了。如今到处都是柏油路，我连路也不认得。现在朱家把我休了，我自己连回娘家的路都摸不到。

艾尔克扒拉手机，过了一会儿说："孙八楼是不是有——？"

我来了精神，不等他说完："有！还有吗这会儿？"

艾尔克点头，说："那就对了，改名木塔镇了。你满意不？"

我往前一指，说："走吧，去——木塔镇。"

从吴屯镇到我娘家有十里地，从我娘家到姥姥家孙八楼有二十里地，艾尔克查了地图，熬成一把老骨头我心里才有这个数。小时候不知道姥姥还有娘家，姥姥娘家远在一个我叫不出名字的地方，那里据她说漫山遍野都是梨树。她后半辈子总想吃娘家的梨，愣是一次也没回成（她说一九五八年毛主席都吃过她老家的梨），我嫁得不近，姥姥嫁得更远。小时候杜姑娘带我去看她，实在颠得慌，坐一路洋车子，屁股都坐肿了。可我记孙八楼比记我娘家记得清。

艾尔克开得快，我在悄悄回忆，他忽然提醒我往前看，木塔已经杵在眼跟前儿了：欢迎来到木塔镇。这几个字我都认得。艾尔克问我往哪儿走，姥姥已经在耳边笑了，我也不知道怎么走。孙八楼眼见着比吴屯镇富裕，老旧的痕迹哪儿都寻不见了，问了好几个人，才找到墓地——木塔镇还有专门的墓地。墓地是铁栅栏围起来的，大冬天茂密的矮树织得绿油油的，从外面看，看不见一个坟头。人活一辈子交待在这儿，也算像模像样。看大门的是个戴眼镜的年轻男子，看上去和墓地很适配，他问我们看谁，艾尔克看我，真丢脸，谁知道老妖精叫什么？我说:"我的姥姥埋在这儿。"说罢,我意识到不对,没人知道她老人家在不在这个漂亮的墓地。婆家姓什么?他又问。孙,不,杜。年轻男子很有耐心,又问:"迁坟了吗?这个墓地是新建的,迁不迁,自愿。确定在这儿吗?"我快哭了,我找不到我姥姥了。艾尔克看我急得不行,就向年轻男子强调姥姥婆家改孙姓为杜姓的往事,这该是木塔镇独一份的吧。年轻男子果然知道。

他是个温柔的男子,说:"哦,我知道啦,在这儿呢。墓地正好把她老人家的坟圈进去,只是没人来看,还没有墓碑。"

姥姥的后事,是磊子哥一人料理的,他是个爷们儿,我姥姥无后,吹拉弹唱,他办得很体面(就凭这一件事,我也不能真生他的气)。我有多少年没来了,我的孙八楼。墓地小路拐了又拐,艾尔克扶着我,我也没哭,老泪一直冒。这是老妖精告诉我,她知道我来了。转了两圈,我们娘儿俩没找到那个没有墓碑的坟,这些年我都没想着来一趟。艾尔克一直说,你别急,你别急。我不急,我干脆死在这儿算了。

正午的太阳照进墓地,我站在一个坡上,太阳的白光晃得我头晕。闭眼再睁眼,我就看到一株树,就它自己,枝条空空,十分招眼在那立着——可我知道那就是桑树,那就是我姥姥的安息之所啦。她死后第三年长出来的，现在有人的腰粗了。我指给艾尔克看，艾尔克要扶我去。我说："女人不能上坟。"他哼一声，拉着我就走。我不顾一切扑上去哭诉："小云叫我弄丢了……姥姥……小云……"

　　孙八楼没几家姓孙的，姥爷姓孙，是村里的冤大头。最冤的是有一天敲门来了个体面人，说是孙家祖上的血亲，别的不说，势必叫孙家改姓杜，几十年来都弄错了。我姥爷发疯，跑到祖坟上哭半晌。他相信那人说的是真的，因为没有哪个傻子会无缘无故放下几个金条。说他冤，他和村里的壮劳力出去找活儿干，挣的钱总是最少，偏又傻出力，吃得最瘦。姥姥最恼的是，他一辈子在人场里也说不出个硬气话（可想而知，等日后见识了我父亲的德行，她对自己的命有多泄气）。他和我姥姥的结合，是他的姑姑四处唱戏牵的线，肯定是唱到了那个漫山遍野长梨树开梨花的好地方。姥姥没细讲，我也不多问。不过，孙八楼的老少爷们儿都知道孙家的老姑娘跟人唱戏，跑了。姥爷没改自己的姓，等生了我母亲杜姑娘，便咬牙叫她姓了杜，还拿金条供她上了私塾。

　　后来杜姑娘嫁给一个叫人泄气的男人，生下四个孩子，接着死亡，很快我的父亲和大哥死亡。这就是姥姥成为老妖精之前的人生。

十二

　　我姥姥想吃梨这件事，我想起来她当时对父亲提起过。如今细品，这真让人心疼。照她的脾气，一辈子也不可能向这个女婿开口的。当时，我早已成为朱家的人，无法回头。那次回娘家，我在院里扫地，无意中听见他俩的对话。姥姥在烧火，父亲进厨屋舀了一瓢水喝。喝罢，又舀一大盆水去浇他在院当中种的花。一盆不够，他又回来，姥姥耐心地说："你去用坑里的水吧，挑水多难啊。"现在想，挑水的地方在哪儿他可能都不知道，他只在农忙时候出点力。父亲似有若无嗯一声，手上又从缸里舀出一盆。浇到满意，他又回厨屋，好像知道姥姥有话说。姥姥说："俺老家那儿的梨，你吃过吗？还怪叫人想呢。"父亲回道："梨有啥吃的？都是水。"他走出厨屋，姥姥继续烧火，他们的情分彻底了结。我当时生父亲的气，地扫得哗哗响，看厨屋的姥姥，面前火红，身在冰窖。

接下来就是梨的事，当时没本事，现在我得让我姥姥吃上梨。老实讲，这没什么意思。我最看不上那种不孝子，老人死了，处处舍得花钱，有什么用？可我还是想让她老人家吃上老家的梨。我太笨蛋，不知道那是什么地方，姥姥说过一回，很像一个女孩儿的名字：玲玲。

我们感谢了墓地的年轻男子，上车离开。在木塔镇里绕了一圈，没有一处我能认出来。最后，我们来到塔下面，它也被围了起来，十米开外，篱笆一样的木栅栏挡住了凑近的脚步。

"我还爬过它。"我说，狠狠仰头望它。

"能看出来。你比朱家的人英勇呀。"艾尔克说。

他笑话我。

我们绕塔一周，它看上去比我小时候更新更壮，那会儿我老担心它垮了。姥姥说，只要木塔立着，孙八楼就能好下去。可惜，我也看不见了。艾尔克在前面走，我看见一个洞，弯腰钻了过去，我非得摸摸我的塔不可。艾尔克回头，看见我的淘气，哈哈笑了。

手摸着塔，暖暖的气源源爬到我身上，现在给我十个胆子，我也不敢爬了。隔着栅栏，我大声对艾尔克说："艾尔克！我们得去一趟我姥姥她娘家，你想办法带我去。我姥姥她娘家呀，艾尔克！"

这样麻烦我的儿子，也只能找艾尔克了。我姥姥她娘家跟他实在是八竿子打不着的事。

艾尔克大声回我，好呀，好呀。他也大声喊，仿佛南河横在我俩中间，而不是这一圈栅栏，他说："那你得告诉是什么地方。"

我说："玲玲县。毛主席吃过他们那儿的梨。"我说得很快，假装知道的样子。

艾尔克说："那你出来吧，我们去。"

真是喜从天降，我大喊："你知道那个地方？"

艾尔克不回应我，只说："去了有什么事？"

我仍喊："我要给我姥姥带一筐梨回来。"

我的声音顺着塔，一路飞上去。

艾尔克点头，我还问他。他说："你的老师也喜欢吃那里的梨。宁陵的梨还是有它独特的味道的，Forest 那样刁钻的人，年年都念着。"

啊，挺巧。我连忙钻过洞，问艾尔克："远不远？在不在商丘地界上？"

艾尔克说："不远，天不黑我们就能赶回来，让你姥姥吃上娘家的梨。"

我们上车出发，我让艾尔克查了地图，有一百里地。

姥姥嫁得最远。我把艾尔克的手机拿到手中，专门看了那两个字：宁陵，第一个字认识，第二字不认识，跟我想的一个都不一样。姥姥带着血脉从宁陵县来到孙八楼，我从杜姑娘那里接住血脉扎根吴屯镇。现在，人都走了，我再走一遍。一百里地，听上去姥姥嫁得很累。一个没有儿子只生了杜姑娘那样的女儿的女人怎么回娘家呢？直到最后回不成。对刚走过千里的我来说，一百里地也不难了。有艾尔克在，没有难事。

寒冬腊月，我们到了宁陵县上，商场超市菜市场都去了，没见到梨的影子。艾尔克想到一个人，把电话打了过去，我听见声儿是刁钻的 Forest。我老师他妈妈好像是有头有脸的人，帮忙联系上一个种梨的农户，灰的心一下又闪出亮光。艾尔克开车来到好大一片山坡前，坡上种的尽是梨树，它们在姥姥的讲述里全部开花。艾尔克说，你看，你看。我看见了，看见了。两个男人从园里走出来，我们受到了热情的接待。他们便是种梨的农户，两个人一前一后带我们下到一个地窖，我见到传说了几十年的梨——梨山，整个地窖都是梨的清甜气。

艾尔克的后备箱，热情的农户为我们装满了，他的儿子（一看就是他的儿子，一样勤勉，一样壮实）继承了他的种梨事业。艾尔克和农户聊起 Forest 的妈妈，真是稀奇。艾尔克不怎么发言，农户反应过头。当察觉艾尔克与那边并不是深交情时（我猜是这样），农户渐渐不再多说。他要留我们吃饭，我急着回去给我姥姥送梨。

回去的路上，我们娘儿俩各自啃下一个梨填肚子。因为毛主席吃过，姥姥又念叨半辈子，我吃着，嘴里心上都不寻常。我们一鼓作气赶到木塔镇。车还没停，墓地的年轻男子早早出来迎接，笑脸带着疑问。我上去向他说明情况，并吩咐艾尔克去给我姥姥磕头送梨，自己没有再去（我想我不必再去了）。当姥姥看见娘家的梨，自然知道我生下一个叫人有气力的男人。我和年轻男子正好说上了话，原来他并不是看大门的，是墓地的管理员，里面埋的每一个人他都清清楚楚。

我们自然聊到我姥姥。

他说："那棵桑树本来说要砍的，我做主留下了。"

我感激得抓住他的胳膊。我差点找不到我的老妖精。

他又说："跟整个园子也挺合，就留下了。"

我看他挺乐意干管理员这个活儿，一个年轻人，不容易。艾尔克出来了，走得不快，老妖精一眼就能认出他是谁的儿子，安心吃梨。管理员那里，我们也留下两筐，他并不客气，高兴接受。

追着红太阳，我和艾尔克回到吴屯镇，这一天跑的，像完成了一桩大事业。磊子哥问一整天窜哪去了，窜了不少地方，不想说。这一天，又赚了。他哼。晚上饭罢，我告诉他，接下来要去长沙。他咽了一口唾沫，我差点笑出来。我知道他知道我出走的事，老大用什么样的方式告诉他的，我都能想出来。现在我主动告诉他，实际上是耀武扬威。他还以为我是那个走不出吴屯镇的欧阳芬呢？

"你去啊。"他说，眼睛不看我。

他看上去一身疲累，像年轻时刚把木材运到家，我差点就要心疼他。

当年他被一车木材砸伤之后，拉去县医院输血（可不只是砸到腿，全身都是伤口），好歹救下一命，十来年过去了，他又病倒，这才知道当年输的血有病毒。我都笑了，老天爷逮着一个人不放啊。两件倒霉事，彻底击垮了真爷们儿的精神，每天吃过饭，只管拖着重步去找场儿打麻将。好活赖活，熬到七十岁了，他又做出这荒唐事，我又笑又气。朱家的男人！

他有一个朋友，一辈子就那一个（每天为一大家奔波，交不了朋友）。出事之后，他硬要和人家一刀两断，就在病房，我守在跟前。我现在连人家的名字都忘了，当初结婚之后没几天，他就向我隆重介绍这个人，一个黑黑的老实男人，也干木匠，大眼睛挺亮。我现在一想起他，就想起他那双亮眼睛。

磊子哥的腿高高吊起，他来看望，第一个来的。话没说两句，磊子哥就不耐烦了，他一概不在意，只当病人有脾气。

"你别来了，"磊子哥说，"我废了。"

他看我，嘿嘿笑。

"再找人好好学，"磊子哥继续，"别来找我了，走吧。"

说起来，朱家的男人也可怜。杨家两代只两个男人——婆婆杨虎荣的大哥和他老人家生下六个女儿之后天赐的儿子，却比朱家的一堆男人都能进能退。我不学我婆婆的本事，我学她的潇洒，真正杨家的东西。可惜，磊子哥脑子不笨，明知杨家的厉害地方，也拗不过朱家强劲的血脉。

我实在看不下去，推他一下。

他吼道："滚！"

我现在明白，他的脸面、自尊比什么都重要（自尊这个词，我打一知道就把它安在了朱磊昌身上）。

亮眼睛喊一声嫂子，还嘿嘿笑，就走了。我是那么多人的嫂子，单这一声嫂子叫人记一辈子。磊子哥自那吞了志丢了气，杨家的男人决计不会这样。婆婆若多活几年，不知道会不会打开新的局面（艾尔克说，我要学会画画，我这辈子，局面就打开了——局面，局面）。她老人家再神算、骄傲，也料不到自己的长子有这出息劲儿。

饭后甜点，艾尔克端来了，磊子哥赶紧吃，掩饰他的慌张。他爱吃山楂条，酸酸甜甜。在一起生磨这么多年，他的一举一动我都知道啥意思。

我说："我去长沙不是跑着玩。"

他说："我没带你玩过，你自己四处看看吧。"

他竟然说出这不是人的话。我一下就恼了："你做出这怨气样子，给谁看?! 我该看，还是旁的人该看?!"

艾尔克在一旁又忙了起来，故意的。干坐着怎么搭腔呢? 他倒愿意帮我，可我知道他宁愿不吭，帮他爹，他不敢。他要泡茶，慢条斯理地，什么时候拿出了茶叶，我都没注意。这孩子沉得住气，好像是朱家的反骨。

朱磊昌拍拍腿说："我是实话实说。我一条废腿，哪里都去不成，只能你自己去了——我欠你的。"

哼! 哪里去不成? 商丘的好地方还不是去了!

我就问他："你欠我什么?"

他说："你来朱家这些年——"

我拦住他："别说了，别过了，离婚!"

我吐得很快，滑溜溜地就把"离婚"两个字吐出来了。我也是英勇的人啊，说实话心里面也吓一跳。艾尔克停下他的慢条斯理，我对他说："明天带我跟你爹去民政所，你们兄弟三个都长大了，咱们五个各过各的。"

艾尔克笑。我起身上楼，铺床躺下，我的菩萨一动不动，她应该在说我真长本事了。"离婚"两个字在整个屋里嗡嗡响，我第一次听到这个字眼，是西边邻居的儿媳妇，天天尖嗓子嚷着离婚，威胁她男人把亲娘赶出去。最后她成功了。我现在还能跑得动，等哼哼不动了，儿媳妇是什么嘴脸，我可预料不到。但我也不是省油的灯。姥姥带我时，三天两回骂我不是省油的灯，她老人家看穿我的心思，却从不约束我的心思。省的油给谁呢？还是自己燃尽吧。

天一亮，我下楼去撒夜尿，洗漱后自觉走到厨房，想起离婚的事，自己笑起来。笑罢，我找出洋车子，我记得我还能骑，推到门口尝试骑了一段，恰好叫西边尖嗓子小媳妇儿看见："婶子，哟！七十了还学骑车嘞！"我说："你也骑骑吧，看你肥的！还能走动不？"她翻白眼，最恨人说她胖。她就是胖，一年四季不出门，舍着自己的男人四处卖力气，瘦成竹竿儿。她看在我这儿捞不到好话儿，扭头走了，大肥腚呱唧呱唧。

我干脆勇敢上路，骑到街上吃早饭。吴屯镇街上的名吃是水煎包，我不能说没吃过，五十年有那么几回，磊子哥吃饱了给我带回来几个。像这一天，我骑洋车子（嫁到朱家根本没机会骑）自己到街上吃水煎包，还是头一遭。公公（朱什么，我不知道）怕是要从坟里跑出来，结结实实收拾我一顿。

先不慌，朱家的那一套先放一边。自己这样周吴郑王地到街上吃顿饭，还真是不一样。刚出锅的水煎包，焦黄美味，跟朱磊昌带来的根本不是一回事。我一人占了一桌，有那么一阵心里发虚。我怎么能没脸没皮地跑到街上吃饭，抛头露脸地坐在大街边，活脱一个好吃懒做的坏媳妇。要是我姥姥还活着，坐在我对面，她肯定骂我，骂完再乐呵呵跟我一块吃水煎包。她老人家没吃过水煎包，反正没吃过我买的水煎包。

心刚平下，我的一群侄媳妇叽叽喳喳，在街对面喊我，一个个穿得花花绿绿，我真有点不好意思，好像做了不正经的事。可我也放开了喊，给自己壮胆，喊她们来吃水煎包。她们哈哈笑一阵，议论一番我的头发，继续逛街去了。她们嫁到朱家，一律拿下了半壁江山，万事不再是朱家的男人说一不二，都是不省油的——像西边邻居侄媳妇，赶走婆婆，已是当家的了。朱家的下个五十年，由她们描画。

街对面有家文具店，我进去买了一个大作业本（没有白纸卖）和一套便宜的水彩笔，又叫老板削了一支铅笔。我回到我的早餐桌，仔细擦干净，再往对面看，人来人往，暖白的阳光投射过去，我这里还是阴影。

我先画出艳丽的几个侄媳妇，简约模糊一勾（有鼻子有眼的，我不会），色彩涂得够够的，她们热烈挤在一起，太阳光在她们身上闪出光彩。完成一看，效果尚可，扣上要走，转念想想，街的背景不能省略（在这条街上，她们是自由女儿身），就又补出一些粗放的线条，这才扣下走人。

我一路顺风穿行吴屯镇，人们看到我，认出了兴之他娘，没认出我的黄毛。我一律向他们点头，一一向他们微笑。丁零零回到家，艾尔克在做饭。我到郑州看小郡时，磊子哥一人留在吴屯镇，早起去街上，中午下面条，晚上看情况，说不定看着电视就睡着了。槐昌也在家，兄弟俩距离五十米，朱家没事从不照面。每逢节日，桦昌自郑州回来看他，时不时留下一些钱。我还有四个小姑子，全是带着磊子哥做的嫁妆嫁出去的。南河南岸有林子，磊子哥当年干木匠都去那儿买木材，人家只给运到河边，他再想办法运回家。木材少了，他就图省钱，骑着木材过河，那些嫁妆都是玩命打下来的。四个小姑子都知情重，接替回娘家看大哥，而她们的大哥有来必有回，每回都说不让她们瞎跑。他说这话也不是客气，图的是自己心净（这样显得多有朱家男人的派头）。等到最小的小姑子也过了天命之年，她们兄妹七个终于老得走动不成了。

我先闻见了炒菜的香气，脚下一使劲，直接骑进家门。我故意在院子里骑上一圈，艾尔克拿着锅铲出来看我，我们娘儿俩，只要一个高兴，另一个就开怀。我们俩的眼神一接，他问了一句，我也回答他了，全在无言中。离婚，那不是气话，过了一夜我也冷静了，我不干吓唬人的事儿。

朱磊昌脸洗到一半，听到动静跑出来问我："干啥去了，你？"

我按铃，丁零零，说："街上吃水煎包。"

他徒手擦掉脸上的水，说："没捎回来一点儿？"

我还按铃，一圈一圈地蹬，太阳光恰好照住我的脸。

他转身要走，我说："赶紧吃饭，去民政所。我没时间等你。"

他愣在那儿，他的背驼了，加上瘸腿，一个死气沉沉的老头儿，我的磊子哥。朱家的男人还有一个毛病，老了必耳聋，他更严重，耳朵时常流水。他排尿还不顺畅，不能再整日坐着打麻将，听说前列腺出了毛病（我知道男人有个要命的东西，叫前列腺）。

他装没听见，扭头走进屋去。我这才停止丁零零，下车去撒尿。撒完尿，他在院里等我。艾尔克端着一盘菜从厨房出来。同样姓朱，天差地别的两个男人，都站在那儿看我。

朱磊昌吼道："去吧！去找个小伙子吧！小伙子稀罕你的黄毛！"

我只当冬天打雷，打开水龙头，默默洗手。

十三

秋天的时候，磊子哥发过一次病，没人告诉我。一开始，他们怕病毒又发作了，后来检查是小毛病，才让艾尔克告诉我老头儿在医院住着了。他在商丘，我在郑州，到出院我也没去看他。他的三个儿子也都没回，磊子哥肯定又是那一套：都别来，都别来。大姐家的儿子在医院上班（小云的事，他也有心无力地操了不少心，就是这样，也没把小云拽进医院），他处理了一切。我这外甥赶路一样，几年里结了三次婚，第三个是正缘，我大姐很满意，老说自己总算没坏良心。

磊子哥一生最怕麻烦别人，哪怕是自己的儿子，这一点偏又全部遗传给他的三个儿子，传到艾尔克这里，变成了不与人为伍。磊子哥与朋友绝交，为的是自己一干二净，艾尔克干脆避免跟人交际，省了绝交的麻烦。现在这年月也不比从前，不必出门靠朋友讨生活了。仔细想想，磊子哥一个强势的人，哪里靠朋友了？全靠自己一双手，这一点他跟艾尔克又是一样的。这也叫人叹气。中秋节我们（茂之家四口）回吴屯镇，这才见到一人住院出院的他，瘦了些，没别的变化。要是没人问，他肯定都不会提生病的事儿。悄悄看着他，我觉得他多可怜。早些年，觉得他能担能扛，现在是可怜。茂之当然要问问，他也是老一套：没事，没事。陈旧的法子执拗着用一辈子，他的本事，我算是看清了。

那天见过朱磊昌，什么也不愿干，太阳要落的时候，我出了门。闲走在路上，心境像个客人，真是怪，在城里才待几天，变成这样。这个时候都在做饭，多半碰不到人。朱家的青壮力不在家，剩下媳妇和孩子，老人（只剩我这一辈）大都独居一院，一间瓦房，挑着黄灯。我悄悄走了三四家，朱家的老男人，一大半没了女人，自己过活，死在屋里不会有人知道。我在院里站半天，他们寻思落了只鸟呢，也不出来看。

磊子哥被病毒击倒后，老大带着他四处求医，八年的时间，几乎换血般大动干戈才稳住病情。他当然怕死，朱家虽不长寿，也不能七十不到就咽气（怪不得过了七十大寿去风流），那样的话，就是耻辱。艾尔克的未来也一直提着他的心劲儿，这个小儿子不落定，他闭不上眼。

　　就从这几年开始（这是我的记忆），吴屯镇几乎每年都要走几个人，那些老头儿老太太很像秋树的枯叶，风随时吹落它们。我在看小郡，磊子哥有时电话打来，我们俩会聊一聊。他会忽然说谁走了，我头上嗡一声，不免想想那人的样子，又打电话来，谁谁谁又走了，一年里少说两个这样的电话，每每回想心中发凉。磊子哥是有头脸的人，红事白事都叫他，他是看惯了，我在这边愣愣地想，阎王爷像是要围剿吴屯镇。

　　忘了听谁说，那人对我讲的时候，也不知道听谁说的，南河以前不在那儿，吴屯镇在老早以前也没有被南河分开。那人的意思是，南河坏了吴屯镇的风水，把人都打散了。要是真的，也没办法，那是一条大河，除非叫老天爷挪走。就像我不可能再回到娘家当姑娘，再寻个婆家嫁一次。老话说得好，有好就有坏，南河来了就来了，那就拿它浇地，拿它养育子孙。

　　吴屯镇住着两家大姓，朱家人多、有势，是真大（远近都知道婆婆杨虎荣生出个大官），赵家是闹得动静大。我公公那一辈，赵家兄弟两个，弟弟看嫂子洗澡被哥哥逮个现行，俩人从半下午打到天黑，歇罢又打，整个吴屯镇的人都来了，最后两家七八口齐上阵，两个当家男

131

人好似不是一个娘生的，打得一个瞎了一只眼，一个折了一根指头。

磊子哥这一辈赵家也是兄弟两个（打架的那俩各生一个儿子，他们是堂兄弟），小的跟他老子天生相克，干一场后离家出走不见回来，大的生了俩儿子（又是儿子），和兴之是一辈的。这俩儿子，各自辟院独过，小的那一家娶了一个花枝招展的媳妇，一下惹住了她公公，两个人扒灰五年，媳妇最终神经。又过几年，男人得病过世，她疯疯癫癫住到公公屋里，仿佛如愿以偿。

再说大的，禁不住整个吴屯镇的唾沫星子，拿铁锹拍断亲爹的腰，把弟妹绑树上抽，还准备点火烧死。这一来，朱家人越过几十年风云岁月，再次齐上阵，人脑子打出狗脑子，干了一上午，落下一地头发。上一幕没赶上，这一幕我是在跟前的。敢拉架的只有朱家的男人，赵家的男人吃得肥胖，偏朱家的男人拉得住。我看那女人被抽得衣服全掉了，就解了绳子脱下衣服包住她。中秋回家，我走了一圈一人没遇上，也不想遇见哪个，上地里瞅一眼婆婆的坟，她截住了我。

小河沟旁，她推一辆洋车子，黑瘦，一头黑发，扎着橙黄的头绳。我立马在心里算有多少年没见她了。

她怪热情，说："我知道你要回来，婶子。"

她拍两下我的胳膊，看上去慌兮兮的。我看她的头发，不像染的。她也有五十了吧。

我说："你这是去哪儿？"

她说："我找你呀，婶子。"

我们沿着小河往前走，河是干的，河东边不远，就是朱家祖坟，风水先生说这小河要是有水，朱家更不得了。早些年，南河的水还能引过来，现在估计水金贵了，小河沟一律干着。

我问她："病好了吧？"

她说："嗯，不发作了，婶子。"

从几个侄媳妇那里，我断断续续听说她又嫁人了，就问她跟谁过日子。一问吓得我半晌接不住话，她离开吴屯镇后，又先后嫁了四个男人，不是不能过，这四个男人又全死了。

"现在……我在商丘市里扫大街，婶子。"她说，"自己住一个小屋。"

"自己也好，"我说，哭腔差点出来，"心净！"

"是了，婶子。"

"你这会儿去哪儿？"

"我回娘家看看。"

"有空我去商丘看你。"

我几乎顺口说出来的，这情形把我赶到这儿了，她拍手称好。神经那会儿，她见人就拍手，鲜亮的头绳扎在头上，甩来甩去。现如今，她头上还是鲜亮的头绳。我要是不去看她，真是造孽。

我说："你用电话不？给我一个号码。"

她慌忙掏出手机，我说我的号，她打过来，我又叫她标上她的名字，她上过学。我一看第二个字我不认识，就问她念什么，她告诉我，我就死死记住了：美格。实在话，我忘了她叫啥。

她看出我的心思，说："婶子，我现在就叫这个名。本来也是这个名，来到吴屯镇叫错了。"

我点头，点啊点。

她猛抓住我的手，像怕我不去，说："婶子，你来商丘，给我打电话。我带你去吃卷馍，可好吃，婶子。"

我说好好好，俩人都没有别的话要说。我邀她回家吃饭。我承认自己是客气，知道她不去。她果真要去，我心里也高兴。她骑上车沿河而行，又拐入一条小路，田野广阔，她一直在我视线里，亮晃晃的头绳。

跟美格比起来，我与磊子哥的离婚闹剧不值一提。他怕丢人，我只求心气儿顺，这把年纪，我不稀罕什么脸面。他不离婚，我又不能硬拉他去。他得的小毛病儿子们说是肠梗阻，出院后瘦掉二十斤，我能拉动他，一个朱家废物而已。他长期排便不顺畅，一人在家吃饭又没保证，还天天坐着打麻将，终于爆发。兴之告诉我，那天晚上他窝在沙发里看电视，看两分钟睡着了，肚子一点一点疼起来，把他疼醒了。

我好奇他怎么去的医院，就问兴之。兴之笑，原来他给槐昌打电话，槐昌送他到医院，这才交给了我外甥。兄弟俩还有这温馨一出，我也笑。后来，艾尔克又补上他给槐昌打电话之前发生的事。他忍着痛找药，找到氟哌酸吃了几片，继续躺床上。过了一会儿，疼得厉害了，他发现不是闹肚子那么简单，就去楼上我屋里找止疼片。我屋里确实有止疼片，可我忘了咋会有这个药（我从不随便吃药，松松花那几年发疯一样什么药都吃，一个也没吃对。人这一辈子，贵在找到自己的药）。好多事儿，我都记不住了，为了活到一百岁，该忘得忘，也好。他忍着痛一步一步爬楼梯，吃下止疼药，然后顺势躺我床上等劲儿过去。偏偏，专门找上门来的疼没过去，磊子哥终于服软，打给了他的亲弟弟。

没人知道，也没人敢说，磊子哥心里边对他的这个弟弟其实有愧。纵然槐昌做了不少伤他心的事，可一切的源头都是当哥的把弟弟赶出了家门。当年，我是闹着磊子哥分家，要说对槐昌有愧，我只有一句话：我不干输理的事。他们兄弟俩的事，当面锣对面鼓，他们自己争去。我太懂朱磊昌，以他的性情，必有一失。和槐昌解不开的结，是楔进他命里的钉。

他们兄弟的事，不是我能操心的。谁也不愿让步服软，那就把结带到棺材里去。要是我再跟他离婚雪上加霜一把，他朱磊昌还有活路吗？离婚不成，我和艾尔克回郑州。路上天飞大雪，我叫艾尔克停在路上等等再走。他开进开封服务区，我们坐在一个饭店（艾尔克说是咖啡店）的落地窗玻璃前，手捧咖啡，恰好看雪。

"你知道——为什么你爹不跟你们兄弟仨住吗?"我问艾尔克。

这是我第一次喝咖啡——又是第一次，艾尔克建议不放糖不放奶，我先尝尝味道。这个煳味儿我喜欢。

"不习惯吧。不自在。"艾尔克答。

"不是。不全是。"

艾尔克看我，等我接着说。

"他不跟老大住，因为老大是他的翻版，两个人要住一个屋檐下，除非是在吴屯镇老家。"我说，品品味儿不对，"不，在哪儿都不行。"

我继续分析："跟老二住，那更是不可能。他说只要在老二家一躺下，头就疼。他欠老二的。"

"欠我哥什么?"

"茂之是你奶奶带大的，"我说，"他操心爹娘弟妹，没空管自己的孩子。"

"我也是……"

"你也是。"

"他没抱过我。"

"你怨他?"

"喝咖啡吧，放点糖再试试。"

外面是广场，白雪铺了一层，不见别的车开过来。店里开着暖气，没几个人来取暖。我和艾尔克安静享受这天赐的时刻。

"等小郡上学，"艾尔克说，"你跟我住吧。"

"等过了这一关再说。"

"哪一关?"

"和茂之处成这样，我不甘心。"

"你走后，他跪在我叔跟前，哭得——我怎么拉都不起来。"艾尔克说，"你看见了，也会心疼。"

"艾尔克，我没有再生气，"我吞下一口咖啡，"我养的儿子，我能生气到哪里去，我们娘儿俩走到这一步，我不甘心啊，艾尔克。我自去他家看小郡，没有听过他一句暖心窝的话，全是朱家的吼叫。晚上没事了，到我的床头坐一坐，他没有……他不会。"

"你们自己生养的孩子，你们自己找原因吧。"艾尔克说得生冷。

我像吃了一口青番茄，说："不甘心归不甘心，小郡长大，我就走，你们是你们，我是我。朱家的人，往后我也不好再迁就了……

"不对，艾尔克，我也等不到小郡长大了，我就在路上呢。"

艾尔克看着我笑："我随你去长沙吧。"

眼下是年底了，我改主意为明年再去。今年过年，谁也别回老家，磊子哥接来郑州，一家人找个饭店，吃个团圆饭了事。照以前，过年是大事，自进入腊月，就不消停，我大锅小锅地烧，大碗小碗地刷，两个儿媳妇又是废物，生生累得脊梁疼。心里有了自己的事以后，其他什么事都不重要。

我说："我要快些回去上课。"

艾尔克端起咖啡杯，说："你老师就在开封，我们去找他坐坐吧，开封是古城，还可以四处看看。"

我问："他不是回长沙了？"

艾尔克闪起他的眼皮，说："计划有变，他本来是要去长沙看妈妈，爸爸病了，先来开封看爸爸。"

我一听有戏文："他们离婚了?"

艾尔克搅拌咖啡，剩下几口，那一包糖他全放了。

他神秘兮兮地冲我笑："妈妈是画家，一心创作，忽然有一天，对 Forest 的爸爸没有爱了。"

忽然有一天——有意思。

艾尔克又说："本来一家三口住在开封，离婚后，爸爸留在开封，妈妈去了长沙，Forest 在郑州。"

我还没吭声，他又补充一句："还记得宁陵的种梨农户吧? 他们在一起呢。"

有点绕。我先不关心这个，我问他："我和你爹有爱吗?"

艾尔克断然点头："有。"

我问为什么。

他说："你去吃水煎包，又不给他捎，你故意气他，那就是爱。"

艾尔克把我变成一个赌气的怨妇。每一次与艾尔克静静地聊，我都明显感觉到自己不是他的母亲，我是有文化有思想的一个独立的女人，名叫欧阳凤。艾尔克让我有这样甜麻麻的感觉。

白雪似梦，我坐在这咖啡店，说出的每一句话都像是有人（小郡那样的鬼精灵趴在我心上）指使我说出来的，指定出每一个词眼，不再是农民的认知，也不是别人家媳妇的定位，而是一个女人，比方说，我也可能成为一个画家——我自己这一辈子的"画家"。

艾尔克起身离开，说了句什么，我没听清。看着外面的雪，我的心神忽然跑了很远很远，一件芝麻大的小事从那雪里显现出来。那个时候我已经怀上兴之，天下着雪，我和婆婆在家剥花生，有一搭没一搭拉着话，外面忽有人喊，听声儿有点怯。我就挺着肚子走出去，走过院子，雪已经很厚了，打开大门，是个女人，冻得脸通红站在门口。我问她干啥了，她说走远路走累了，借口热水喝喝。我就让她进来，再看，穿得很齐整，不像要饭的人。这时婆婆站在堂屋门口，招呼着进屋里暖和暖和。我在前面走，她犹豫了一下，快跟几步。脚下有点滑，她连忙从后面扶住我。我现在回想，短短几步，她当时一直在后面看着我。婆婆嘟囔着我乱走，三个人已进到屋里。婆婆叫我坐下，她给那个女人倒水，抓上一小把红糖。女人喝得眼水汪汪的，一直说感激。婆婆问她是哪里的，要去哪里。她说她是"玲玲县"的，百里地来找人，迷路了。接着水喝完，她就要走。婆婆留她吃口饭，她已经站起来。谁知磊子哥忽然回来，见人就发火，说最近有生人进吴屯镇下毒，骂我俩随便领生人进家门。我和婆婆傻了一样，他那边抓住人家的胳膊就往外拉。婆婆叫我别动，她穿过院子跟到大门外。婆婆很快回来，说没撵上人。磊子哥到天黑才回，满嘴酒气，说跟人喝酒去了。就是这件事，我在这咖啡店里想起来了。那个女人是在找人，她说迷路，她撒谎，她找到了，她找的就是朱磊昌。

朱磊昌去过好几趟"玲玲县"，有人请他去帮忙出活儿。还用说，他在那儿认识了这个女人，长得比我高，比我好。朱磊昌顶天立地，他们俩太配了。回想他当时的反应，我竟然就那样被骗过去了。

我忍不住笑。艾尔克走过来，问我笑什么，我老老实实告诉他，他也笑。我们一起看外面的雪，久久地，我俩都没说话。从此后，宁陵那个远在天边的地方就不只有我姥姥了。

我也可以潇洒地说，我不爱了——我不愿再爱了。养大了三个儿子，他们给我养老的钱，我拿着这些钱踏上旅途，沿途的风景都画在白白的 A4 纸上。假如真活到一百岁（子子孙孙肯定受够了），三十年的时间，刨去十年吃喝拉撒生病哼哼，剩下二十年，我一心苦练 Forest 教我的技法，为的是画好自己的画，当自己的画家——二十年，就干这一件事，也值当。死了，全让艾尔克烧给我，谁也不留给。

十四

  杨家第一代女将，我婆婆的两个妹妹，都远嫁到开封。一个傻掉，在火车站丢了自己的孩子，婆家五花大绑遣回杨家；一个一世无忧，老死开封，绑人那天她也去了，带着一伙人把胡家砸个稀烂（我记得姓胡，婆婆讲的）。艾尔克至今记得傻姨奶奶，她在吴屯镇住过一段，那是神志最清楚的时候，天天和艾尔克厮打着玩，抢艾尔克的零食，谁也不让谁。冬天，艾尔克被派去给奶奶暖脚，杨家姐妹睡一头，他睡另一头，他们俩在被窝里蹭来蹭去。这样相处下来，他们变成了好朋友。我这傻姨喜欢留头发，扎高高的马尾，艾尔克就帮她扎头发。那两年，吴屯镇的人都知道朱家住着扎花白马尾的疯女人。我告诉艾尔克，他傻姨奶奶的家以前就在开封，他舔舔嘴角笑了。那是他快乐的时光。

磊子哥也到过开封。当初傻姨发病出走，开封传来消息，我婆婆当即派她的长子去探情况。艾尔克听说傻姨奶奶出事，年纪不大，激动得厉害，非要跟去。事急路远，朱磊昌当然不会带他。这也是遗憾，艾尔克若去，凭傻姨对他的喜爱，或许神志能恢复，再做个人——自那次出走，她再也没有清醒过来，不久就撒手人世。在古城开封，老天爷冥冥安排，杨家十二女将悉数到齐（我婆婆随后由桦昌开车送到，上一次女将聚齐是在磊子哥的姥姥过世的场面上）。等磊子哥带人在火车站找到傻姨，她四十多岁好不容易生下的两个孩子早已不见。磊子哥说他快哭了，杨家的女将大冬天被撕扯得只剩裤衩。接下来就是五花大绑和砸个稀烂的戏码，由我婆婆发令，嫁到开封的另一个女将带人捣毁了胡家的老窝。磊子哥回到吴屯镇，头上顶着包，是他死抱着傻姨不让人绑。

万物覆白，看不出古城的风貌。艾尔克说有寺庙，我说去长沙之前，别的寺庙先不拜。他慢慢停下车，拿出手机看，我以为到地方了，他边看手机边说："那个火车站还在，我们去看看？"我没反应过来他说什么，他放下手机，车子又开起来，说："我傻姨奶奶带着孩子要坐火车走的那个火车站。"我问："这会儿还用着了？"他说不用了，但也没拆。他知道得怪清楚。我问我老师那边怎么办，他说不耽误，我看他的样子，去看火车站反而成了正事。

路远不远不知道，只是越走越窄，也不见别的车和行人，我们在雪地上留下崭新的车印。两边的房屋最高只有两层，残柱破窗。艾尔克慢慢开，一切静悄悄的，我感觉神奇，很像往回走，一步一年。接着出现一片开阔地，火车轨道向两边扯开来，傻姨的火车站到了。

"当时我很想让你跟着去。"我说，"你叔开车载你奶奶，多好的机会，我就是没有开口。"

艾尔克熄火，说："没有办法，这件大事从头到尾，我都没机会参与。"

我说："听你奶奶说，她从小脑筋就不太对劲。那年月生孩子多，谁家细心养了?! 在娘家当姑娘的时候，她偷人家的牛，卖了钱，因为这个抓进监狱去了。等几年后出来，她就更不对劲了。"

艾尔克咬咬嘴唇，我们娘儿俩对视一眼，在两边下车。开启的两扇门好似一对翅膀，五花大绑的傻姨最需要一对翅膀。艾尔克扶着我走上轨道，大雪中它们茫茫不知通向哪里。傻姨莫不是真的要走吧? 不远处停着几节烂铁火车厢，我们过去绕着走了一圈。她在清醒时决定逃离开封，最后关头，缠绞拉扯的神经将她撂倒。我爬上月台，沾上一身雪，顺着铁轨望出去，我的傻姨穿着裤衩在雪地里舞啊舞。

艾尔克走过来，为我围好围巾，我们俩都白了。我爬月台时他没扶我，他知道什么时候扶我，什么时候放我专行。他说："又瞎想啦……"我没有瞎想。我们本来是来怀念他的朋友，我却发现了一个新的傻姨。那若真是她的秘密，如今我和她的朋友悟到了，她是不是可以瞑目了？

我说："你刚才是不是说你傻姨奶奶要坐火车走？"

艾尔克说："是啊，我说了。"

我看他一眼，说："你咋知道？"

他说他猜的。也对，他们是不打不相识的好朋友。

仅做逗留，我们离开傻姨的火车站，很像走出一个与现实隔绝开的秘境。路上，艾尔克打给Forest，无人接听，我们的车慢速行驶在大雪中。过了许久，起码能蒸出一锅馒头了，整个古城怕是走遍了，我老师才打来电话。这个时候，艾尔克正穿过一个婚礼现场，火红一片。第一次，他的手机铃声吸走了我的注意力。是一首歌，起先是轻轻地唱，像一个男的在重复，不知道是哪路词儿。这样哼哼似的唱了一段，猛然开始敲锣打鼓。

车开到清静处，艾尔克拿起电话下车，去后面查看。我看他在躲我。聊完了，他回来继续开车，我问情况，他说去找Forest。我自然知道去找他，艾尔克在避重就轻，我也不问，答案会被我抓住的。

目的地是一家饭店，沿着雕花的走廊，艾尔克带我走进一个房间，挺大一间房，只有我老师自己。我有点紧张，张嘴先问候他爸爸的身体，他说就是胃酸过多，烧得难受。他没有客套地喊我阿姨，什么也没有喊。他想喊我什么呢？只是浅浅地笑，又饱含诚意。他比我上次见他瘦些，我关心一句，他说想减肥。他撒谎，胃酸过多的可能是他。我慢慢看出他比我紧张，只管问我吃什么，我说一人一碗面条就很好。他温柔地笑，又低头看菜单，侧脸连上整个头看上去好看极了。这不是给我们上课的冷酷老师。

艾尔克说："刚刚喝了咖啡，并不饿。"

他说："我看着办吧。"

他又看菜单，我问他什么时候上课。

他却问我："画画容易，还是绣花容易？"

他知道我绣花，我竟然没想过这个问题。可是答案很明显："绣花容易。"也可能因为那个时候年轻，姥姥在一旁骂着笨蛋，学东西快。

接着，他走出房间，让我稍等。

"这不是 Forest！"我连忙对艾尔克说。

"你的磊子哥做木工的时候，跟平常的他一样吗？"艾尔克反问我。

　　不一样，艾尔克肯定记得他爹专注干活的样子。磊子哥做木工的时候，是他少有安静、好看的时候。那个要口热水喝的女人，想必就是在这个时候看上朱磊昌的。说不定就在那个女人的家里做桌子做椅子还做板凳的时候，她悄悄看上了朱家的男人。朱磊昌不是拈花惹草的男人，可他当时保不齐也动心了，老天爷。我正想这个问题，那个男人哼哼地唱起来。艾尔克要掏手机，我们俩同时看向桌上的手机，是 Forest 的电话响。他俩的铃声一样。艾尔克的表情告诉我，他也不知道这件事。

　　"这是什么歌儿?"我问。

　　艾尔克笑而不谈。

　　我说："看不起我? 没文化就不配听?"

　　"你现在真会耍赖。"艾尔克说，又看我的头发，"这小桃红有毒吧?"

　　我还问："告诉我，什么歌儿。"

　　艾尔克说："《浪子回头》。"

　　我说："浪子回头金不换。"

　　艾尔克赞许地点头，说："不错，就是那个浪子回头。"

　　我又问："他一开始哼哼唧唧唱的什么?"

　　艾尔克说："他们是台湾人，唱的是闽南语。"

我不知道闽南语，他们唱了什么我有兴趣知道，尤其眼前的两个怪人凑巧全拿它当作铃声，必然有意思。

艾尔克侧头一想，说："他一支一支地抽烟，一杯一杯地喝酒，好像是做了一些错事。"

我点头，艾尔克又补上一句："你听得惯——这个调调？"

Forest回来了，手机一直在响，那个男人一直在唱。他接下电话，三两句挂掉，说话之前，看了艾尔克一眼。

艾尔克当初为我找画画班的时候，费了不少工夫，他不说，我也知道。我知道有这档子事以后，显然已经拦不住了，但也总说让他放弃。忽然有一天他打电话告诉我成了，只是路有点远。我心里一直怵，一把年纪学新东西，怕到头来叫艾尔克灰心。他那么热心地促成这件事，我先上架再说，只当为艾尔克搏一搏吧。他当时没提认识Forest，几次去班里看我，他却直接去和Forest说话。一开始我只当找画画班的时候，俩人才认识，时间越长，我越发现，他俩多半是旧识。

服务员端上来小笼包，再次印证我的猜测。别说艾尔克有什么朋友，我和磊子哥一概不知，作为父母，我们对他的好些情况好比猜谜。好在，我和他一切都能谈，不像老二。和茂之艾尔克又都不一样，老大兴之有几个拜把子朋友，我和磊子哥都专门见过，也都吃过他们请的饭。那会儿磊子哥四处求医，总有人在目的地接应，他们恨不得把各自的父母当成自己的爹娘。茂之一辈子不会有这样的朋友。一想到生了三个不像一家人的儿子，我都觉得是大梦一场。

雪在午后停了，我和艾尔克告别 Forest，继续上路回郑州。细想起来，我们三个没有说多少话，似乎各自都有些紧张。我不知道这里面的缘故。快上高速时，我想到回郑州学不成画画，不如另做打算。艾尔克提醒我小郡无人看，我先不考虑茂之家的问题。

"回商丘。"我说。

"我们刚从商丘来。"艾尔克以为我糊涂了。

"带我去红色房间看看。"我说，"你有什么事？"

艾尔克不解，后又明白："你要去红色人间？"

我说："反正就是你爹找小姐的地方——丢人的地方。"

艾尔克笑说："那是男人去的地方。"

我不服气："我就在门口看看，就是要进去，谁也不能挡我啊。"

艾尔克只得依我。我决定去看看美格，中秋节的时候答应了去看她，正好趁着年关来临瞧一眼，已经隔太长时间了。美格也不可能打过来。路上，我早早地给美格打去电话，她不接，一直到天要黑，她才打回来。

她在那边掩饰不住地笑："你来了，婶子!"

我说："我明天上午去看你。"

她爽快回我："正好明天我不上班。"

我说："你把你的地址发到我手机上。"

她还笑："好，我现在就发。"

我问她："明天为啥不上班?"

她说："好几天了，都不舒坦，明天歇歇。"

我说："明天见了再说吧。"

挂了电话，信息已经发来，我让艾尔克看，他看了好一会儿，说写得真是详细，生怕我们找不到她。我对艾尔克说美格的事，艾尔克顿了一下说："你说，人还是有命吧?"我也没想，说："有啊。"艾尔克又说："有也不知道长什么样。"我说："就是那个样吧。"我们俩都笑。

擦着夜色，进入商丘市区，地面看不见雪，绿化带上顶了一层，看来这边下得小。艾尔克按导航前往红色人间，我本来是对他开玩笑的。不错，磊子哥是我全心全意相信（我先不说爱）过的男人，他也信我，出去挣的钱全交到我手里。现在因为这一次，我开始怀疑过去的五十年里他应该也犯浑过，应该还有另一次，就像那个要水喝的女人，她都大老远跑来找他了呀，那是什么样的情（不对，磊子哥回来前，她当时准备走了，难道说她就是来尝尝朱家的水）？于是就怀疑我的婚姻，怀疑我自己。

艾尔克事先停车，准备走一段带我去，路上有人清扫街道，主要是雪，雪不多，可是街长。我想到美格。走了一个路口，隔着街，艾尔克指给我看斜对面一家挑灯笼的店面，路过的人全照得红彤彤的，像个大户人家。那四个字我全认得：红色人间。想想朱磊昌也真潇洒，七十了跑到这种地方。作为一个老农民，有这心胸，他真的值了。

我问艾尔克："有没有女人去的店？"

艾尔克搂着我笑："非要和你的磊子哥闹出一出大戏！"

我转脸看艾尔克："你会去吗？"

艾尔克脱口说道："我不去。"

我不信他的话，他也是男人，还是朱家的男人。他只会哄我开心。要说艾尔克，小时候也是娇气的小王子，磊子哥完全不问，从我的手心里长出来的（当初要拿他换女儿是另外一回事）。一点儿小个子的时候，他就知道体谅我的难处，渐渐地，他长大，变成顺着我的意走，一味地只管我开怀（掉头回商丘，要是老大开车，我是不会提的）。单从艾尔克看，老天爷待我不薄。

走过红色人间，我叫艾尔克带我去喝咖啡，烟味儿越浓越好。男人的德行祖祖辈辈不曾变过，谁也不用来开导我。姥姥远在我刚定下亲事时，就一五一十向我分享了男人的那点秘密，我似懂非懂，还很遥远。末了，她丢给我一句老话：船头坐得稳，不怕风来颠。红色人间的灯照满我身，烧烧的，老姜辣味大，我真是怀念她老人家。

我公公那一代，朱家兄弟七个，没有婆了一个厮守终生的。那是笑话。跳井死的老五（死的时候顶多三十六岁）最得意，他前后婆了五个媳妇，死了三个，走了一个，最后一个正定亲，他自杀了（婆婆说冤枉他藏枪，以死明志）。死的那三个婶子（姑且这样叫，菩萨保佑），全是嫁到朱家门里生病而夭，连婆婆都记不清她们什么模样了，不过全都和五叔葬在一起，也算始终。不过，我又想起婆婆的交代，不想跟公公埋在一起。所以说，那几个婶子也可能有不甘心啊。谁知道呢，永久的秘密埋在土里咯。

找到咖啡店，我俩走了好几里路，一条还没打扫的街上，沾了两脚雪泥。艾尔克在手机上查找一番，说附近有剧院，可以看戏。我说："咖啡要喝，戏也得看。"艾尔克叫人打包咖啡，我们一人一杯往剧院走，雪又飘下来了。戏唱的是豫剧《王宝钏》，傻女儿与父亲三击掌，这一辈子再不相见。这一幕过后，艾尔克睡着了，我摘了围巾罩在他身上。被我折腾一个来回，他肯定累了。

戏唱罢，艾尔克听着人声醒来，我们投宿旅馆过夜，只等天亮去看美格。旅馆都一样，两张单人床，一个床头柜一张桌，我想起年轻人，我的朋友。艾尔克早早入眠，我翻身趴床上画阿热阔恰61号在的那条土路巷子。艾尔克随身带纸笔，我撕下一张，想到哪儿画到哪儿，画里有三轮车（描得够呛）、鸽子还有房屋。只差一个人骑上这三轮车，不知道画谁。最后放弃，扣上睡觉。

美格住的地方在郊外，一大片蓝色石棉瓦搭建的房子，雪块斑斑，处处是巷子口，根本无从找去。艾尔克确认地址无误，我俩先闷头随意进一个巷子。路上全是雪，我俩起得早，雪上还不见脚印。碰到人，艾尔克就问，有人知道这一片儿是住了几个环卫工人，具体说不出在哪儿。美格的电话一直不接，我们继续往前摸。摸到另一头，眼看又到大路，恰好碰见两个扫雪回来的工人，我问他们美格，都不知道这个名字。

我描述美格的特征："长头发，扎着头绳。"

其中一个说："你说的是小赵吧?"

我不记得美格姓什么，肯定不姓赵。我先不吭声。

那人说："出门扫地，头发梳得有模有样，数她最爱美。"

那必是美格了。两个人七拐八转，带我们过去，远远看见家门前的雪还没动。艾尔克敲门，我喊美格。三声下来，无人回应，艾尔克再打电话，清晨僻静的巷子里响起她的手机铃声，看来人在家。艾尔克用力推门，门咔嚓一声开了，像硬纸板搭的。

"你在这儿等我，"我对艾尔克说，"我没说你要来。"

我走进小院，比一张双人床还小，整个被厚雪盖着，也不见脚印。小屋的门开着，我喊美格，走着走着踩到硬东西，低头一辨，雪里埋着人。

"老天爷！"我喊，吓得蹲地上。

艾尔克跑过来，我恐慌的时候，他的胆子会变大（他小时候，我去玉米地里薅草，怕遇见蛇，就带上他，他就变得很英勇）。他从雪里扒出美格，人已冻僵，头绳映着白雪，格外夺目。她为什么叫小赵呢？因为吴屯镇赵家。嫁了那么多次，还是那不要她的赵家的人。

艾尔克报警，警车开不进来，警察也找不到地方，他出去接人。我到屋里拿了被子裹好她，眼泪自己掉下来。太阳悠悠照进小院，石棉瓦上的残雪化成水滴滴答答，鲜亮的蓝色屋顶整个露出来。

十五

　　美格（啊，小赵）在吴屯镇赵家生了两个儿子两个女儿。艾尔克打给他爹，朱磊昌找到美格的长子。快中午的时候，我见到了他，个子不高，但长得好看。他满月的时候，我还抱过他，美格当时一直没缘由地哭（我姥姥说，月子里千万不能哭）。没人知道她有没有再和别的男人生孩子。晌午刚过，美格的另外三个孩子一齐到了。她的长女像死去的爹，小女像她。姐妹俩哭，哭得伤心加无奈。她们的娘太丢人了，但也是她们的娘。

　　后半晌，换了俩屁股长钉的警察，其中一个穿着白大褂，半棵烟的工夫，他们给美格的死下个定论。接着，美格在殡仪馆化成一捧灰。小儿子也不哭，偎着二姐的肩头，二姐抱着骨灰盒。他们要走，美格的长子喊我奶奶，热情地说要一块吃饭。我说不了，还得赶路。他给艾尔克递烟,艾尔克接住了。我们就这样分开,美格的长子开了一辆昌河车,载着兄妹四人,还有美格。我看着昌河车走远消失,艾尔克慢慢从我身后靠过来。

"去哪儿啊,咱们?"我说。

"你说。"他说,"刚不是说赶路。"

"赶什么路呀……"

我们上车,商丘的雪在阳光下化成水,积在路上。我不想说话,艾尔克安静开车。等我缓过劲儿来,看看外面的景儿,还在商丘市里。

艾尔克先开口:"说吧,去哪儿?"

我挠挠头,说:"光跟我在一块,怪没意思的吧?"

艾尔克说:"没有。你去的地方,我都没想过,挺有意思。"

我被逗笑了,他又说:"咱先去洗洗头发吧,你头上全是油。"

我说:"要活到一百岁,得有油啊。"

我们就找了个地方洗头发,我们俩挨边躺着,一个小媳妇儿把我的头皮按得舒服极了,我差点睡着。她夸我头发多,我夸她长得俊。这样躺着洗头发,我还是头一遭。怪不得人都要享受,滋味就是不一样。

我对艾尔克说:"咱们还去开封吧。去找我老师,你朋友，你也不能整天跟一个老太太在一块啊。"

艾尔克说："行啊。"

我又说："你想去的地方，我也想去啊。"

小媳妇儿这时说："阿姨，你这儿子孝顺啊。"

我呱呱笑："这你都看出来了。他是我朋友，不是我儿子。"

小媳妇说："我一眼就看出来了，从头发就能看出来。"

洗过头发，我们出发去开封。艾尔克也不打电话，等到了古城，他才打给 Forest。挂掉电话，艾尔克脸色有点变化。我问他怎么了，他说没事，Forest 在输液。我问什么情况，他说好像发了高烧，具体也不清楚。

我说："那我们就去看他呀。"

我们没去。艾尔克先找了旅馆安顿下来，第二天才见到我老师。他很高兴，好像病好了一样。我们干脆在开封住了几天，我总是赖在屋里看电视，让他们年轻人出去玩。等艾尔克出去了，我再悄悄走出门。就在街上走，四处看，有卖小吃的，就买一点尝尝。走得太自由，我迷过一回路，也不着急，慢慢走，慢慢问。走到最后，忘了问路的事，高高兴兴上了一个城楼。等我回到旅馆，艾尔克和 Forest 还没回来。一直住到年根儿，艾尔克说家里正商量过年的事，我们得回去了。我不关心在哪过年，只要不让我干活就行。

年夜饭定在故道驿站。磊子哥不同意全去郑州，他不允许过年家里没人，堂屋供着神和祖宗，都走了没人给神和祖宗做供品。只要不再张罗一大家子的吃食，故道驿站这个丢人的地方，我也能忍受。他们营业到大年二十八，大年二十八下午主要人物才到齐。老板打电话问磊子哥年夜饭还做不做，磊子哥直接说菜少一样都不行。我真怕再说下去，他能让人家开到大年初一。

故道驿站的大房间只有一间，不好预订（磊子哥自然能订上），一张桌子围上几十号人，看得我眼花。小吝太阳快下山才到，带着满嘴牢骚，春节假期还不到，她请假来的。我说："不能来就别来。"艾尔克低头撇嘴，我知道他想笑。小吝不吭声，从茂之怀里接过小郡，还说什么想奶奶了没有。

"妈妈不喜欢奶奶，我不喜欢奶奶。"小郡说。

热闹了，我先大大方方地笑了，大家跟着笑。小郡喜欢我，我心里还是有谱的，小孩子的喜欢掩盖不住。她说的这句话是小吝教的。妈妈和孩子之间，很多话也不用教，她只需假装轻描淡写地说出来就行。说两回，孩子就知道厉害了。小郡这样的，伶俐超人，体会她妈妈的意思可能都要超过她哥了。

可惜，小郡喜欢我。我仗的是血缘和爱。

艾尔克忽然说话："上菜吧。"他离桌叫人，没等一会儿，几个人不停上菜，眨眼工夫摆满一圈，像等不及要往朱家人的肚里塞。我听见屋后有水声，拦住一个人问他河里的水是不是还没冻上，他说是，还有人钓鱼呢。我再也坐不住，一心想着去河边走走。艾尔克看我，眼神警告我不能任性，老大发现我俩的交流，也丢出个眼神。

磊子哥说："快吃，快吃！"

他看桦昌和槐昌，兄弟仨拿起筷子。桦昌一人来的，槐昌一家十口全到，磊子哥算人数时还说槐昌那里顶多来三个（他们父子仨）。什么用呢？我一辈子也不会跟槐昌家十口打多少交道吧。磊子哥还有意请来了我那四个小姑子，这样就省掉过年跑一趟，实际上也省不掉。她们也应声拿起筷子，久久不知夹哪一个菜。他们兄妹七人，除了磊子哥和槐昌七分貌似，其余五个人都不一样，还好都认我这个嫂子（这是我自己挣的）。朱家的这四个女人，也就是我的四个小姑子，排大的嫁给军人（也姓朱），他偏不服吴屯镇朱家，一辈子拿朱家女人当丫鬟；老二最没朱家脾气，嫁到山东曹县（和吴屯镇挨着），养了一个出息儿子，八成能母凭子贵；老三也嫁到曹县，家里独当一面，生意干了半辈子，还在街上受着吹晒摆摊，她却最有我婆婆的风范；最小的和桦昌一起，是我和磊子哥看大的，连有本事的女婿都是磊子哥拍的板，只有她这一家还时不时给磊子哥钱花，他们在郑州干生意，蹚出了门道。

我一直不敢过问的是，老二和老三同嫁到曹县，她们本该多走动，姐妹情深之外更添额外的帮衬，多年来她们却只在吴屯镇娘家见面。朱家人骨子里的隔阂总归要隔一辈子。槐昌一家就像来应付一桩差事，吃就吃，喝便喝，十口人包括孩子，都不主动说话。磊子哥和槐昌兄弟俩的结影响了下一代，尽管他们兄弟俩从不在孩子面前争辩。我坐着默默看一个个姓朱的人，一阵阵想笑，也想叹息。

桌上另有一个外人。小厚的妈妈，我的亲家母，一头雪白的头发，亲家公走后，她也不染了。夏末的时候，亲家公刚走，来势汹汹的肺癌，不见一点征兆将他撂倒。说起来也是怪事，我那亲家公不抽烟不喝酒，退休后自由得很，爱上钓鱼后生活更是滋润（淮河从他们那儿流过）。他们一家到他这一代已是三代公家人，兴之和小厚处对象时，他们死活看不上朱家的长子长孙。我们世代农民，孩子出息，才走出农村，受这冷眼，磊子哥发誓永不与亲家公见面，两家的联系全靠我和亲家母。小厚有个弟弟，叫小凯，成家五年生了俩闺女，亲家公带着遗憾闭眼（原来他跟农民一样，也有传宗接代的思想）。小凯因为兴之拿他妈当保姆使唤（兴之有这样的孬脾气），二人大吵一架，结果兴之再不让丈母娘来看孩子，另请保姆。如今亲家公去世，我专门给他打电话，叫他务必亲请小厚她妈到家里住一段。我过寿那天，磊子哥喝的酒就是亲家母让小厚带去的，她很清楚，我和磊子哥这样的人是顶好的亲家。她在老家种的葡萄，因为不甜，全酿成酒，磊子哥喝着可口，年夜饭又上了桌（希望他不会再爆出秘密）。

磊子哥冲着亲家母夸葡萄酒，小厚接了个电话，说小凯要来把他妈接走。磊子哥一听又来客，格外兴奋，当即派兴之去接。兴之瞪他。亲家母通情理，立马打电话不让儿子过来。亲家母就挨着我，我听见小凯在电话里很不高兴："马上过年，跑去别人家！"

五分钟不到，小凯再次打来，兴之看小厚，小厚不看他，看妈。亲家母接住电话，我又听见了："我到了，你出来吧。"我看兴之，兴之站起来迎出去，小厚跟上。亲家母居然不动。桌上其余人一言不发，专等散席。小姑子站出来招呼众人夹菜，亲家母也说不用管小凯，说给我和磊子哥听。老二茂之笑着倒了一圈酒，并催促服务员上菜，小齐这时酸溜溜地说他："你别瞎忙了。"

我一听恼了："哪儿是瞎忙，小齐！"

小齐说："人没到齐，还上菜!"

我哼一声："你不用动心思，这个桌上没有你说话的份儿!"

小齐急了，我正要她急，我们婆媳好厮杀。我不会动什么心眼儿，最好你一刀我一枪，杀个痛快再说。

她说："我有什么心思! 客人还在外面，上什么菜!"

小齐死咬住她的道理，这正是她的坏处。

磊子哥拍桌子看我，我不理他，仍对小齐说："你有什么心思，你不清楚? 好好做朱家的儿媳妇，比什么都强!"

槐昌和桦昌纷纷看我，小郡也瞧我，他们的目光只能给我勇气。

小齐起身："好，我走!"

茂之一直低头喝汤，他摔下勺子，喝道："你敢走!"

磊子哥轻喊一声："小齐，饭还没吃完。"

小齐坐下。我不饶她："我不能说你了，小齐? 你敢走，以后别进朱家的门。"

磊子哥拍桌："朱家的门你把着呢?!"

我说："你试试看。"

我说的是朱磊昌试试看，不是小齐。

小姑子笑着喊我："嫂子，都知道你厉害了。吃饭吧。"

桦昌附和她："我吓得不敢拿筷子了，嫂子。"

我就此收手。这不是在郑州，我看小郡两年受的委屈，这才撒出半成。那时候，我真怕自己憋出好歹，就太不值当了，我自己也觉得丢人（我姥姥的外孙女，也不能太没水平了）。

众人正晾着，小凯走进来，喘着大气，刚打过架一样。磊子哥忙站起迎客，他就好拿自己当个人。听兴之说，小凯现在是大学的老师，和媳妇定居北京。他来接亲家母去哪儿？北京还是老家？没等他开口，亲家母抢先说："小凯，先坐下吃饭，尝尝黄河边上的野味。"她笑得一脸意思，又往小凯后面看，没有儿媳妇和孩子，兴之和小厚跟着进来了。

兴之黑着脸坐下，不知道刚才外面发生了什么事。这个大学老师是个生蛋子，竟然直接去拉亲家母，亲家母重申她的话："去把你媳妇叫来，先吃饭再说。"

小凯不耐烦："都不认识，她不来！"

亲家母沉下脸，说："你坐着，我去叫她。"

兴之又站起来，笑对亲家母："妈，小凯有事，叫他先走吧。"

小凯打铁不看火色，说："妈，你跟我一块走。"

亲家母也笑，说："你有事啊，那你一家四口先走。

我这会儿饿了。”

亲家母坐下，小凯吼一嗓子：“你不跟我过年，跑到这儿荒郊野岭烂河滩！”很好，他继承了父亲的骄傲。亲家母忽地又站起，照着儿子的脸扇过去：“出去！”

我拉着亲家母，小厚拉走她弟弟。

小吝这时抱起小郡：“咱也走。”

我指她：“你赶紧走！”

年夜饭解散。

槐昌一家自行离开，事不关己的样子。槐昌也培养出俩优秀的儿子，眼看着和他哥比起来了：你当初嫌我没本事，把我赶出来，我如今比你强，我的儿子比你的儿子强。这就是朱家的亲兄弟。桦昌也不多说（他早已是朱家的事外人），负责送四个姐姐回家，估计得忙到深夜。说起来，桦昌小时也尽享四个姐姐的疼爱。小吝要走，茂之这时也不管了。小凯带走了亲家母和小厚，亲家母浑身冒着回家再算账的气焰，满头白发都要喧起来。撒泡尿的工夫，大房间里剩下四个人，朱磊昌和他的三个儿子。

这是朱家的耻辱。朱磊昌一个人扛着。

他大发雷霆，服务员端上来的菜，盘盘碟碟摞起来。兴之一口一口喝酒，一时也不说话，他总是有使命感。我起身去看河，艾尔克跟上我，留磊子哥和他的长子去想焦头烂额的事。

才几日不来，河岸挂起了路灯，长长一路，蜿蜒过去。艾尔克搂着我走，河水静静流淌，有时击起好听的水声。我问他怎么还不结冰，他说不知道。他什么都不问我，我正好偎着他喘口气。

十六

　　这两年，一临近过年，我就容易想起我的母亲。我总在想，这是为什么。因为不该的，她走了就走了，我们兄妹四个好像谁都没念她。这世上，有几个人能死得这么干净？

　　她——杜姑娘——未能长寿，是因为爱（谁敢想，我一个老农民是她生的）。三年丧期过后，姥姥告诉我这个秘密。姥姥长寿，只生她一个女儿，从小健康灵动，本该继承血脉长命百岁，却走在了姥姥前面。

　　这个秘密，父亲也不知道（他或许知道，被叫窝囊废的人装起傻来能骗过所有人）。家里人都只当她身体虚弱，加上大哥出走，才一命呜呼。姥姥选择一个人说出这个秘密，不找大哥，不找大姐，反而找我，我值得她信任，守住了这个秘密（父亲死的时候我险些全盘托出，毕竟与他有关）。她老人家选上我，当然不只因为我嘴把得严。

在孙八楼，人们叫我母亲杜姑娘，我有时想，她要成为"孙姑娘"，会不会是另一个命，然后这世上就不会有我。姥爷供她上过私塾，十六岁长成远近皆知的好姑娘，战争打响也挡不住上门说亲的脚步。孙八楼东边隔着一片坡，叫重渡坡，日本人打到这里，眼看要越坡血洗镇子，一支抗日队伍（姥姥说他们是天兵天将）从天而降，交火一晌午，消灭了所有日本兵。抗日队伍神龙见首不见尾，留下一个满是死尸的地狱现场。我母亲跟着人偷偷跑过去看，被死人堆里的一只手抓住脚脖子。

我母亲救下了这个英雄，一个被落下的小军官。养伤半月，他们互称杜姑娘与军官先生。兴许是老天爷的安排，他们几乎很快就认定了对方，我姥姥说家人都同意两个人结合，只是这军官决不当逃兵，伤好之后非要追上队伍。家人都劝，队伍早已走远，根本无从去找。军官先生马上就要动心，他的组织派人来找他了，他二话不说辞别杜姑娘，再去杀小日本。

军官先生身无长物，咬掉衣服的扣子作为信物，承诺待战争胜利来娶他的杜姑娘。他走后不过三年，战争胜利。杜家多方打听，人已死在战场。孙八楼杜姑娘也不哭，也不闹，只是不说话。和我父亲结婚后，家人都以为母亲忘了这份感情。这个时候，那个军官又从天而降。他先找到杜家的门，得知母亲已经结婚，他只是笑，默默走人。姥姥说那种笑，像折了半条命。他去重渡坡闲走，坡上草木青青，她的杜姑娘赶了过去。姥姥在远处看，杜姑娘把扣子物归原主，二人客客气气，三言两语即转身再见。

后又打起内战，再得到他的消息，是他邮来的一封信。信邮到了欧阳家，里面是一枚扣子，人已死在战场。父亲问是谁来的信，母亲说是一个表哥。母亲的情结自那再不能解开，斩断长寿的血脉，只想早日去寻她的表哥。

有一些一晃而过的时候，艾尔克让我想到我母亲杜姑娘，浓浓的情郁结在心，别人解不开，自己也不愿意解，那个样子他们太像了。艾尔克曾说，他并不追求长寿，更注重和谁生活在一起，无论是我和磊子哥，还是朱家杨家欧阳家哪一对，他都不愿陷入他们的怪圈。或许，就像杜姑娘，宁愿死去。我还不懂。

杜姑娘有个怪毛病，一临近过年就为置办孩子的新衣裳发愁。这本是寻常事，对她不是。这也是近两年她总窜进我脑子里的缘故。那时，日子再拮据，起码不会少了大哥的新衣，偏大哥又最不稀罕这个（当时我应该就想过，大哥到底稀罕什么）。我们姐妹仨最不济也会有新的头花戴，反正，只要过年，我们四个就不会少了新东西。那时候，她总是为这个伤脑筋，我记得清楚。大年初一，杜姑娘早早把她的孩子拉起来，一盆热水已经备好，每个人都要洗干净，这样才能穿新衣。每年这样，一直到她死。本来母子情分不厚，有这件正规事在心里打底，我老是想起她。

这么多年过去了，我揣摩杜姑娘是在补偿，她的笨脑子想的一个方法。她知道自己是个失职的母亲——啊！作为她的母亲，我的姥姥肯定更知道——于是在重要的时刻尽可能做一些事，我们记得深刻，好忘掉她平常的冷淡，而老妖精则为她的可怜女儿缝缝补补。可杜姑娘失算了，母爱缺了就是缺了。

不过，有时候母爱也是便宜没人要的东西。像我的三个儿子，老大和老二都有了自己的女人和孩子，谁还稀罕老馊的女人的什么爱？在他们长大的那些年月，我自认该做的都做了，有什么对不住的地方（像对茂之），可以来找我算账。我也就不用像杜姑娘那样，一到过年，愁得睡不着觉（自欺欺人）。

想到这里，我有种解放感，决计不能再把自己绑在朱家过年的阵仗上了。朱家家大人多，过年来往多，让他们自己想办法去吧。我伺候不动了。

年夜饭之后，我没回家，也不会去茂之家（让他们请高级的保姆看小郡吧），一直和艾尔克生活在他的小屋。磊子哥和兴之他们爷儿俩商量出什么朱家大计，我没问，至今也没人联系我。我和艾尔克看似生活在郑州，基本与亲隔绝。元宵节是个聚会的机会，世界静悄悄。

再见到兴之是春天了，他躺在病床上正熟睡，半拉身子露在外面，我拉拉被子为他盖好，眼泪掉到他脸上，把他砸醒。他嘻嘻笑，起身靠半天，没靠明白。他指指床尾，说有个摇把，让我摇几下。我走到床尾，没看见摇把。兴之说，算了，老太婆。他要自己下来摇，我扶着他刚挨着地，他终于疼得哇哇叫。他的胳膊在我手里就是一把草。我壮如牛的长子，瘦成一把干柴。我想起来了，过了元宵节我就不断打喷嚏，原来事情出在这里。我越想越恼，抬手锤他头上。

"我多大了，你还打我！"兴之喊。

"你多大了！"

他见我厉害，只好服软："没事儿，做了个手术，两天就能出院。"

我向他叹气："早知道天下的男人都是这个样子，我一个儿子也不生！"

我真后悔为这世界又添上两个气人的男人（不包括艾

尔克）。我早该知道。我只是懊恼，原来连我生的男人也好不到哪里去，抽烟、喝酒、找女人，直到往床上一躺，等女人来伺候。男人借助女人的身体来到这个世上，然后绝情飞向他们的天，将女人蹬到地上。

兴之处的第一个对象（严格说是他带回家的第一个对象），是个爱他如命的傻姑娘（她也让我念及杜姑娘）。赶上婆婆杨虎荣去郑州看病，她日日来探，带来了碗、筷、脸盆（还有尿盆）、毛巾、一张简易床，还有每天三顿饭。婆婆病情见轻，她载我俩到城里四处游玩。同病房的老太太问她是谁，我也不好说是儿媳妇，只好道实情。那老太太从床上挺起来：这样的儿媳妇还不娶回家去！婆婆自有盘算。这姑娘家里祖辈为商，朱家人对生意人有祖传的偏见（祖传秘方被一个生意人骗去发财了），这门亲事生生黄掉。婆婆去世前一年，兴之的婚事仍没着落，她开始后悔当初不同意傻姑娘进朱家门，不然重孙也抱上了（朱家只有四婶享受了四世同堂的荣光）。

兴之快三十岁与小厚步入婚姻殿堂。经过避孕、流产，三年后他们才诞下我第二个孙子（茂之小齐先他们一步生了），我这孙子长到十五岁，成为最不像朱家人的后辈。小厚那时小产坐月子，我伺候过她几天，拿腔使调是她的看家本领。她从相貌到脾性，再到不拿朱家放眼里，都与她爹丝毫不差，生养的我的孙子眼看也长成这样（他喊我奶奶，就像三好学生要扶我过马路，然后各走各的）。不过，也得承认，我也是怪胎，我从不稀罕孙子，磊子哥也是。

为养大儿子，兴之可谓伤筋动骨了。我这孙子从小虚弱多病，药就是饭，饭吃一口就饱。我不知道怎么跟他处，城市的孩子。在抚养他长大的艰难几年里，兴之几次与小厚闹离婚（也有老相好找过他，可能有傻姑娘）。小厚不是真的骄傲，朱家男人再嫌弃，也不离婚，只能向她妈求助，亲家母找到我。兴之怕我，我指着他说："你要敢胡来，你走着看！"兴之的暴躁脾气，相比他爹，变本加厉的地方更多，要不压着他，什么混账事都做得出来。不过话又说过来，换作我，朱家人敢作践我，我先砸了他们的锅再说。

兴之眼看五十，吆五喝六，没做成大事业，朱家的后辈却都得看他的脸色。他有大哥的做派，精通社会情理，还有情有义，天生带着长子长孙的光环。只要配上一个及格的女人，他就真的赢了大半。婚姻近二十年，他一嗓子一嗓子吼出来的同时，日子也过去了。他真是朱磊昌的儿子，好和烂都那么明显。

这次病倒，他不告诉任何人，要不是艾尔克在医院撞见（他说陪 Forest 去看病），面对的仍只是他家里的两个人。我凭此一点就知道不是小病。撞见他大哥的那天，艾尔克天黑很久才回。我做好饭等他，热了两回，才听到楼道里的脚步声（艾尔克走路规矩，一听就知道是他，他真得幸福一生才行）。他从小上学，尤其大学花销，全由老大兴之大方拿出，大哥在他心里情义深重，甚至成了一种压力。仔细想想，朱磊昌都帮了自己儿子什么呢？

艾尔克回到家，站在我面前，心事全挂在脸上，他根本掩饰不住。

"Forest 病了。"他先撒谎。

"那咱们去看看他吧。"我说，"先吃饭，吃过饭，去看他。不行，哪有晚上去看病号的？"

他去卫生间，我守在门口。他的表情不止一个朋友生病那么简单。等他出来，脸洗了，没擦，像一脸泪花子。

"什么病？"我问。

"小毛病，"艾尔克走向餐桌，"一直腹泻。"

"什么是腹泻？"

艾尔克无力地笑，果然不是"一个朋友"那么简单，他说："窜稀，拉肚子。"

我知道腹泻，我为逗他笑。我得过五更泻，那真是折磨人，放的屁又大又臭，还能崩出屎，去看医生开了几天

173

药不见好。茂之（那时候他还是我的茂之）带我去找中医，说是五更泻，一顿中药即对上症。我从小都烦小病缠身，非得立马治干净不可，得大病我也能耐住性子，没有贴心女儿，就怕久病叫不动儿子。

我故意逗笑艾尔克，他看不出来。装傻充愣，加上天生笨蛋，我做得滴水不漏。艾尔克一直叫我精简晚饭，我偏反着他干，他每晚熬夜，肯定发饿，最好先在晚饭垫好。我煎了中午剩的面条，炒了青亮亮的蔬菜，本想他肯定有胃口，可是他恨不得一根一根挑出来吃。

"到底得了什么病?"我问。

"肺上有个大窟窿。"他说，"吸烟吸的。"

"Forest 不抽烟，艾尔克。"我说，"你比我清楚。"

艾尔克不言语，我等他想好。我的老师身上连一丝烟气儿都闻不到。

"不是 Forest。"艾尔克抬眼看我，眼里转着泪。

我放下筷子:"你爹出事了?"

艾尔克摇头，泪水晃出来，泛在眼下。

我说:"你别吓我了，艾尔克。"

艾尔克说:"我大哥住院了。"

我靠向椅背，精气一下全从身体里散出去。原来，兴之在我心里能撑这么大劲儿。晚饭搁下，艾尔克载我去看兴之，我不让他打电话。路上，我们两个一个字不说。走到病房走廊，艾尔克停下，让我自己进去。

艾尔克说："你们娘儿俩说话吧。我在外面等你。"

他摆手，示意我赶紧进去，我看他还有心事。洗好的衣服，拧过水以后，仍湿答答的，艾尔克就是那样。

十七

四月，兴之长了几斤肉，他说一个星期就能出院。小厚有事出差，一天早上，病房走进来一个女人。小厚本来在公家干，一次晋升失败透顶，丢尽颜面，假装生病（也是没出息），躲在家中不见人。拖到最后，兴之拿主意辞职，她便拾起老本行（学的会计），反正有一大把证，受邀去管大公司的账了。在朱家的话语里，还不算丢人。兴之几乎赶着她去出差，不想她在床边晃来晃去（他和磊子哥一样，不是怕麻烦人，是不想让人看见自己的脆弱，更是没出息）。我正给兴之擦膀子，一个女人身着素裙，敲门进来。病房两张床，另一张还没人住，肯定是看兴之的。她脸蛋白净，长发扎起来，一把发尾搭在胸前，看脸色她快哭了，笑着喊我姨，喊得可亲。

毛巾丢进盆里，我的锈脑子尽可能转起来，喊我姨的只有大姐和小云的孩子，这个孩子我不认识——也不对，分明看着也眼熟。她走过来抓住我的手，笑着流下泪花，那十多年前婆婆住院时的碗呀盆呀滴溜溜围着我转，是傻乎乎非要跟兴之好的傻姑娘——还来，果然是傻！我在心里骂。这傻妮子消息怪灵通，莫不是那时兴之闹离婚，是跟她搭上线了。我看兴之，惊喜、悔恨全写在他脸上，瘦骨突出来的脸。

我说："你俩说话，我去接水。"

我刚端起盆，那傻姑娘扑向兴之怀里，嘴里咬着他的肉。我几十年没见兴之掉泪，他的眼圈也红了。

慢悠悠端着盆，我真的去接水。恍惚中，傻姑娘跑过来抢走我手中的盆，自己把所有的活都干完，婆婆在病房等我俩，心里还在掂量。当时一错就真的错过去了。姑娘再好，也是别人家的儿媳妇，我碗里有没有肉不打紧，也从不惦记别人家锅里的。姑娘再好，嫁到朱家谁也不能保证是一个好儿媳妇。我估摸着时间够了，端着一盆水回病房，傻姑娘已变成另一副模样，憋了多年的情发泄以后，就此了断的清凉脸蛋——我在心里敬重她是个能人。

姑娘走后，兴之看上去万分高兴，坐在床上拧着脖子看窗外。这么些年了，有个人一直念着他，显得他多有本事啊。他说："有这一回也算一回。"他可能后悔没娶上人家，不是他的错，却是事实。我不知道接什么。可怜的男人，我在心里叹，男人可怜。这个时候，我能从一个母亲的角色中剥离出来，把眼前我的长子仅仅当个男人看。他有一个他自己不满意也没挣脱掉的婚姻，还有一个他操不完心，而且永远也不能满足他的期望的儿子——我揣摩这是朱家人的通病。要是艾尔克将来结了婚，也是步这样的后尘，还不如一直单着。我想通了，最起码留存一个好男子。

出院后，兴之让我跟他一块去个地方。我不想答应他，可又说不出口。艾尔克不知从哪里听说了这件事，打来电话让我放心去，等我回来，再去长沙。仅隔一天，兴之等不及一样载我出发离开郑州。他的儿子，我那病孙子，随着年龄增长，身体见好（我真的不知道怎么疼他），他非要跟去。因为经常不上课，他有的是时间。兴之总爱带他出去玩，可这一次任儿子怎么说都不带。我不参与他们爷儿俩的对话，心里也不知道兴之为啥坚持不带。我这孙子知道他老子对他心急、失望，可偏偏又喜欢和他老子在一块，兴之脾气火爆，可心细、有爱。他们爷儿俩来回掰扯，我冷不丁想到，兴之的身体是不可恢复地累坏了。朱家——朱家的祖辈和子孙压在他身上。

兴之说，朱家要真正兴旺起来，得烧三代（他爷爷、他爹和他）。他有使命感。我从小在娘家没出过远门，后又嫁到吴屯镇，在朱家更像拴住腿一样，见过一些男人，使命感在身上的没有几个。使命感——欧阳教会我这个词，他爷爷守圣人墓，死也不退，他说那就是使命感。

"你们家，我那老哥哥，"他说，"他心里装的是整个朱家。小云结婚的时候，我见他了，一言一行都是使命支撑着呢。"

他说得文绉绉的（不就是拿自己当个人呗）。小云结婚几十年了，欧阳还记得。朱家的男人当然有明眼可见的气势。那个时候我们肯定还不认识，他竟有心注意到朱家。什么使命！我心里不屑，他就是个晚节不保的风流老农民，他能跳出吴屯镇的黄土地吗？要说桦昌出息，没错，是经他关键时候指出一条路（他执意叫桦昌去当兵，桦昌还吓哭了），可拼的还是人家自己的闯劲。桦昌发达不忘故里，无非记着大哥的一点恩情，跟朱家关系不大（桦昌只有一个女儿）。

"老姐姐，你的大儿子来看你，"欧阳还说，"我真是感叹啊，他们朱家真是后辈有人。"

当时听着脸上有光，现在我可不稀罕朱家的荣光。

说到茂之，欧阳略显惋惜："老姐姐的疙瘩，你家老二，出息是出息，朱家的事跟他搭不上边。要说他不孝顺你，也是冤枉他。"

对欧阳的话，我向来慎重（必须得高看守墓人的后代），必得躺床上掂量掂量再睡。人生迎来七十岁，我的精力好过十年前，感谢老天爷。我的姥姥越过阴阳之隔，也在这时来打扰我。我试着用姥姥的心与眼去看万事，若是她老人家在，会怎么应对，包括眉眼、手法与身段——我的戏到底该怎么唱？认识欧阳后，我才学会"思考"。他挂在嘴边的一句话：你思考思考，老姐姐。以前，躺床上就是睡觉，是欧阳，教我思考，原来和自己的儿子同住一屋檐，我还得动脑子。回想欧阳分析朱家，我又一下懂了茂之。生在朱家，就让他"自私"活下去吧。

这样一想，也不是不能离婚。我的脑子呼一下转过来了，兴之实在要离婚就离婚吧，为什么要狗血喷头地拴在一块？为什么不能离——我为什么要阻拦呢？我还拿出当娘的气势吓唬他，实在不该。离婚，想想实在不是什么大不了的事，难道比从肚子里取个瘤子还吓人？要是兴之再提离婚，我就当场回他一个字：离。

摆脱掉儿子，兴之很高兴，很像小时候我满足了他什么要求。我心里一直嘀咕他到底想干什么。车上高速，放眼尽是春木。说起来，兴之生在春天。知道怀孕那天，我第一反应是：这辈子必定绑死在吴屯镇朱家了。待八个月过去，公公看我肚子有模有样，料定是个孙子，日日问我吃什么，我什么也没说。等兴之生出来，公公稀罕得像得了大宝贝，再也不问我吃什么了，一心扑在孙子身上。那年月难得吃一次面条，一向只有他老人家能吃上，他全给了兴之。

可以说，兴之是受尽宠爱长大的。我说起这些他都记得，他说："回去给俺爷奶烧纸。"我一听要回老家，就问他到底有什么事瞒着我。他笑，一贯的神秘笑脸。他真是朱家的娇子，现在病成了瘦猴。我们两个在一辆车上，只有我们娘儿俩，这很少遇见，可以尽兴说个够。换作茂之就不一样了（也没遇见那样的机会），我恐怕只会睡觉，我自己都想不通，同是我生的，就差了三年，怎么差了那么多？

兴之知道我心里嘀咕，并不说透，意思是车开到哪儿，你跟着去哪儿就行了。他问起别的事："茂之小区那个看大门的，叫——"

我说："欧阳。"

他居然说起了欧阳。

兴之点头说："对，欧阳，欧阳什么？叫什么？"

我直接说："就叫欧阳，他的名字就是守墓人。"

兴之说："我跟守墓人聊过，上次你跑走。"

我不由得哼一声，说："聊出啥了？"

我对我的朋友很有自信。果然兴之说："啥也没聊出来，反倒聊起他了。"

我立马称赞欧阳不是个凡人。

兴之接着说："我就是要去圣人墓看看。"

我以为什么重要大事："那你带着你儿去呗，拉上我干啥！我还有事。"

兴之撒娇："你陪陪我呗。"

我无话可说。茂之永远不会跟我撒娇，这跟年龄无关。

圣人墓早由政府接管，从小周庄划出去，给了临近的逍遥店（那是最大的小姑子婆家）。兴之说，现在改名圣人村了。逍遥那两个字，Forest 专门在黑板上写过。跟"逍遥"两个字一块写的，还有一个词，"自由"，他说：画画要画得自由，画得逍遥。那时完全听不懂，心里还骂他不说人话。

我从没听欧阳说过圣人墓已经不是小周庄的了。不知道是跟我说不着，还是觉得只要政府好好管划到哪儿都一样，没什么好说的。反正，守墓人现在没用处，看起了城里的大门。兴之开得慢，不是他的作风，一辆车又一辆车从边上窜过去。不知道欧阳和他说了什么，看样子他挺受用。我问他："你的病没事了吧？"他看我，腰板一挺："没事儿啦。"我提议路上停一下歇歇，兴之说太小看他了，他接着问我是不是想停一停。我也不知道，心里估摸着开封快到了，感觉开封装了太多故事。

我们没停，直到吴屯镇外的麦田在车外铺展开。我随身带着纸笔，铺在车上画起来，心里还怕兴之笑话我装模作样。他等我胡乱画完，说了一句："你的小儿也顶个闺女啊。"话当然不错，春天的风从万千麦梢吹过来，兴之大吐一口气，我说："你也松松劲儿吧。"他冲向麦田点头。

我们到镇上吃了饭，没有回家。这是我想的，兴之提了出来，这一路，他有点怪。从他那么小走出吴屯镇，他啥时候在镇上坐下过？就在街边，人来人往，还是水煎包，他安安生生坐下来了。混在吴屯镇的老少爷们儿里，他没有什么不同。得了这场病，消瘦让他看上去年轻不少，可我知道，他老去一大截。

饭罢，我们回家，磊子哥早早听见车响，跑出来迎接，后面跟着一条狗。他太孤独了，不知道又去商丘没有。等兴之从车里出来，站到他跟前，他吓了一跳，这还是他已经胖了点的长子。朱磊昌倒是胖了，啥也不敢问，眼神丢过来看我，我往家走。他接着就要骑上车去买菜，兴之说吃过了，他一听这话，转身冲我发火："你别拉着你儿子往街上跑，到家门口了，不回家吃饭！"我不搭腔，好好撒了一泡尿。兴之看我这就走，笑说："不坐坐就走？"朱磊昌直接说："走吧。走吧。"我说："那喝口水再走。"

我走进屋里，一派整齐，禁不住笑了。朱磊昌从后面走过来，说："看看，比你在家强吧？"我说："你多有本事啊。"他问："你俩回家干啥了？"

兴之也进来了，看见爷奶的照片，又吐一口气，双腿一跪竟在那儿磕起了头。朱磊昌又看我，我和他知道的一样多。他生气，一屁股坐下："到底咋回事！"兴之哈哈笑："我就是想俺爷奶了。"朱磊昌又说："你的病好利索没有？"

好啦，好啦，兴之大声嚷嚷。

我们三人坐下来，好似几十年前，我们三口挤在小屋，那时茂之还没来。破草破秆的婚房还在，兴之活蹦乱跳，公婆稀罕孙子，对我也有好脸色，那时真是开心。如今，宽敞的小楼，三个人坐着，我还觉得挤。朱磊昌残了，兴之倒了，我翅膀硬了，同一个屋檐，根本装不下我们仨。

兴之端着一个大碗，一直喝水，说家里的水真甜。等他喝够，我们准备去圣人墓。磊子哥要跟着，我从车里下来。兴之笑，磊子哥说："好好好，你去，你去。一个土堆有啥好看的。请我去，我也不去！"兴之有意在镇里转了几圈，像在找什么。车悠悠地开，吴屯镇哪个旮旯儿他小时候没钻过？我等他说话，他不说，于是我说："你这趟回来就多待几天吧，带你爹也四处看看。"刚才看他想跟着的样子，我知道他在家憋坏了。眼见我四处撒野，他肯定也眼红。但凡腿脚全乎，相信他也早跑出吴屯镇了。可怜的瘸腿糟老头子。

兴之说："行。老太太说得对。"

路边绿树缓缓过去，风吹兴之的脸，我说："我就不跟你俩一块了。我叫我的小儿子来接我，我们得去长沙。我的事还没完呢。"

兴之笑说："你打算得怪好啊。"

进了逍遥店，兴之才说实话。这逍遥店，现在叫圣人村，我最大的小姑子生孩子时，我来过（当时可没听说埋着大圣人）。当时婆婆一住俩月，生了大气，看着自己的大闺女瘦得又干又黑，很是修理了一顿那个眼里没人的军人。他也怕杨家女将，每天只管买鸡买鱼往家带。说起来，他们也姓朱，逍遥店朱家心高，却没成什么气候。随着桦昌出息，吴屯镇朱家更拉开他们一大截。不到七十，朱家这个了不起的军人就走了。那时候我看我小姑子身上有伤，估计那军人动过手。兴之说，他们家又遇到事了。

什么事？还专门叫我来。有什么用呢？自己的闺女自己不爱护，嫁出去了，受了罪了，才想起来疼，晚了。要论起我婆婆的罪，唯一我看不上的（当年我也不敢说），就是四个女儿都没有好好疼爱。女儿才应该好好呵护，要不然——就像嫁到逍遥店的这个，连挨打都觉得应该，从不回娘家吭气儿。

兴之说的不是他姑姑的事。姑父已经死了，姑姑熬出来了。

兴之说："俺姑想叫你劝劝俺嫂子，她非要跟表哥离婚。"

我一听这就高兴："离啊。不能过，就得离。还有你，我想通了，该离就离，谁说非要挤一块。"

兴之一声哟呵，表达他的惊奇。

我还不知道发生了啥事。我那小姑子如今在郑州帮女儿看孩子，自始至终也没跟我联系（我又要说朱家的四个女儿，两个在郑州，不联系，两个在曹县，不联系）。她的长子（婆婆取个奶名叫震子）留在逍遥店老家，军人老爹一辈子没瞧上他。说起来婆婆很稀罕这个外孙，天天把震子叫在嘴边，震子长大后没在逍遥店而是在吴屯镇上的学。婆婆走的时候，震子哭得比孝子孝孙还厉害，三周年祭的时候直接喝晕过去。

震子娶了个好媳妇，叫素珍，和我脾气合。想到这里，我明白小姑子为啥叫我来劝素珍了。不用说，震子必定外头有了人，我知道素珍，出多大的难事也不可能提离婚的。除非震子犯浑。

果然，兴之说："一个寡妇缠上他了。"

太好了，我心想。赶紧离婚去跟寡妇过，寡妇最会疼人。

我问："从哪儿搭上个寡妇？"

兴之说震子现在跟人一块承包了农村的供暖工程，生意上很得意。等把整个逍遥店的供暖架起来，寡妇家的门槛也蹚熟了。震子是个热心人，寡妇就像初春的软柳条，一点风就跟着荡起来了。

兴之继续说情况："逍遥店大，等嫂子撞见表哥有情况，她还不知道那个寡妇是哪家的。"

撞见的？素珍一句话也不会说的，什么砸东西啦打人啦——尤其打那个女人，她更不会干，她会直接转身走人。

我说："你姑咋不找我，还叫你跟我说？"

兴之说："俺姑也没说，只提了一嘴，这不咱来了，顺道把这个事儿办了。"

我一听笑了，说："说得轻巧，你说办就办了？"

话说着，车就到家门口了，抬眼一看，素珍在门口站着，规规矩矩，不容糊弄。我看兴之，兴之说下车吧，原来他已经联系好。素珍来开门了，我俩握住彼此的手。她留着学生式的齐耳短发，见着我，圆乎乎的脸上全是笑。她照样喊我妗子，我们俩合是天生的，每次上吴屯镇走亲戚，她都去厨屋帮我张罗，我们俩能不知不觉说半晌。

我们走进朱家，逍遥店朱家，一人不见，各屋的门都关着。震子在忙工程，孩子们在上学，空院子挺干净，我们在阴凉里坐下来。我看素珍也不倒水，没事儿人一样坐着，她和震子肯定已经离过了。没等人问，她自己先擢了。

她笑道："我知道你来干啥了，妗子，我就知道早晚会把你请过来。晚了，妗子，我和震子离过了。"

我也笑了，说："我来干啥了，啊？我来干啥了！素珍，你还真猜错了。离了正好，我就是来看看你离了没有，没有离，就快点离。"

兴之以为自己听错了，直勾勾瞪我。我和素珍指着对方，哈哈大笑，板凳的两条腿都离了地。她呱唧呱唧拍手掌，我也学她。为什么不能离？别的人我或许会劝劝，对素珍，我会随着我的心走。正因为我们像朋友一样合脾气，我才更得慎重说出我的话。

兴之岔开话题，说："我看这院子里没有装暖气，嫂子。"

我瞅了一圈说："天天忙个啥，自己家都没装！"

素珍说："不怪你外甥，妗子，家里也没人住，装暖气就是摆设。"

是啊，暖气是暖人的。我问她现在住哪儿，她的回答吓我一跳，她不在逍遥店朱家我一眼就看出来，她也没回娘家，而是住在镇上小旅店。

"手续才办，有三天吧。"素珍说。

"看样子，俺姑还不知道。"兴之看看素珍，也看看我，"那我就当没来吧。"

兴之说得敞亮，他变得倒挺快。

素珍说："我这就走了——明儿吧，明儿我要出远门。"

我和兴之看她。她说她跟人去打工，去外面看看，看能不能学个技术。我说她一个妇女瞎跑啥，兴之瞪我：你不是天天瞎跑！是啊，就是瞎跑，女人都是睁眼瞎啊。素珍已经找好地方，去宁波的海岛上种花种树。她上过学，脑子聪明，嘴皮子也不笨，相信很快就能凭本事挣到钱。女人得有钱。

我看看她的头发："你的头发多黑呀，还年轻着呢。"

素珍羞笑，说："反正不算老吧。"

素珍说得让我一阵提气，她真的挺过来了，那个身她转过来了。刚才听她说住在小旅店，我还难受呢。

兴之起身在院里走一圈，朱家的房子还是老房子。他小时候在逍遥店住过，记得这老房子。当时我婆婆住在这里，长孙长外孙一起带，那个时候估计想着弥补对女儿的愧欠。

兴之问老房子为什么不翻盖。

他随口一问。素珍说："那我就管不着了。"

不错，她也捞着一身轻了。

十八

圣人墓还真让磊子哥说对了，冲天一个大土堆。四处都不见人，园子里种了不少树，都还没成势，墙根开了一溜野花。圣人墓占了有半亩地，光秃秃的，只围了一圈生锈的栅栏，实在没什么看头。早些年，远远地从泰国那边来了一队人马祭奠，整个墓地挤得人声沸天，观看泰国人磕头烧香，高香烧出了漫天的烟，都说那些泰国人是圣人的后人。当时桦昌带上兴之跑去看了，回来跟我讲，路上停的都是香喷喷的汽车，那些泰国人脸抹得真白，衣服在大太阳下发光。我和欧阳那时还不认识，不知道那些后人去见欧阳了没有，就算欧阳不求一分一毛，他们也该说一句谢谢。后来，泰国人走，留下一笔钱，政府才建了这个园子。相信一个子儿也不会轮到欧阳头上。

兴之手摸着栅栏，慢慢走了一圈，阳光照出他头上好多白发。他指着圣人墓说："我想起来了，小时候在我姑家住的时候，我来过这儿，和表哥。当时看有十米高，现在看，顶多有三米。"我说："你忘了，你叔也带你来过。"

呼啦啦跑来一群孩子，全从栅栏钻了进去，又全爬上土堆，一个个摇臂大喊。我随手从地上捡起一块石头，当当当敲栅栏："给我下来!"兴之见我激动，也冲孩子们吆喝，他那恶人腔一出来，孩子们全从那边秃噜下去了。

我问兴之："你小时候来这儿玩，见欧阳了吗?"

兴之想想，慢慢摇头。他那时一个窜天的孩子，不会注意一个不吭声的男人。不过兴之那时应该没爬上圣人墓，不然肯定会遇上欧阳。

园子里有个亭子，我和兴之坐下歇脚，一排柳树被春风吹动，柳树尽头有一株老杨树，它应该是这园子里最老的树，不像政府种的，难道说是欧阳种下做伴儿的?我在心里把这些花草树木都拔掉，栅栏和墙也拆除，剩下荒地上一个大土堆，欧阳风吹日晒守着它。接着，他种下一株杨树苗，一年两年……杨树长大。我问过欧阳，他守护的是哪位圣人。我也是瞎问，他说了我也不知道。果然，欧阳不回答我，只说反正不是人们说的那个圣人。我应该问问那些泰国人，他们都来磕头了，总该认准了里面埋的是谁。

我问兴之："这里面埋的谁？"

他说庄子。

我不知道庄子，我说欧阳说不是庄子。

杨树忽然一阵哗哗，兴之不吭声。我想到，欧阳的意思是埋的是他的念想吧。

我对兴之说："要不——你给欧阳找个好活干吧。"

也不对，欧阳不会干的，他很知足，比我开心不知多少。我又犯糊涂了。

我又说："算了，他不会干的。"

兴之说："就是啊。"说得他多了解欧阳一样。

我们走出亭子，又在园里逛了一圈，等着兴之说一句走吧，我们就走。我猜不透兴之心里动荡什么，要是欧阳陪他来，兴许他们能聊点什么。走向圣人墓如今的大门，那个为我们开门的男人正喝面条。来的时候他要门票，兴之给他钱，他找半天，我不知道他找什么，原来是票，没找到。兴之说不要了，能进去就行。于是，他为我们开门。看我们走来，他出来招呼，兴之又递根烟，他接住挂耳朵上。我们离开，他又关门锁上，端着饭盆走了。

兴之问我还回不回家，我让他载他爹去逛逛。他以为我说笑，说着我就打给艾尔克，叫他赶紧来接我。兴之出神地开车，在逍遥店的街面上，他开得更慢了。在一个转弯的路口，我们看见了忙碌的素珍。起初我不敢确定，她换上一身灰蓝的运动衣，戴着一顶有朝气的帽子。可她麻利的身影我一眼就能认出，而且她的嗓门飘过来了。我在心里骂朱家，骂震子。我叫兴之看，兴之慢半拍转过头。路边停了一辆大巴车，素珍正组织人上车、放行李，大部分是小媳妇儿，还有个别男人，也听她招呼。兴之不知不觉停车，我们默默看着素珍组织完毕。

兴之笑说："你跟她走吧。"

我说："你可别说这话，我不是另有安排，一准儿跟她去看看。"

糊涂的震子，糊涂的朱家。逍遥店朱家也罢，吴屯镇朱家也罢，都一样——一样让人泄气。素珍还年轻，不像我，你看那一身行头。

回到吴屯镇，太阳还挂在西头，磊子哥正忙着做饭，看样子料定我们必回来。兴之去帮他，我悄悄走出家门。太阳眨眼变红，我来到上次碰见美格的地方，她的头绳飘在半空，映着蓝天。看呀，美格，绿色的麦田铺好了，像你的床。麦田在我一个老农民的眼里熬成风景了，真不敢信。我笑着望向朱家的祖坟，几个土尖儿，红太阳的光照在麦田上。我想死去的人，每一个死去的人都想，我总觉得他们能给我定心丸吃。

第二天，茂之来了，不是艾尔克。他瘦掉一大圈，我关心地问一句（不可能不问），他说他在减肥。磊子哥又兴冲冲跑到厨屋忙一场，我们一家四口吃了一顿饭。我偷偷看兴之和茂之，他们俩长得——本来就不像——越来越不像了。真是了不得，我养了仨儿子。吃过饭，我叫茂之走。磊子哥怪我不让他儿子歇会儿，好啊，我说，歇会儿。我们四个好没意思地坐下来，凉丝丝的一楼堂屋。

磊子哥现在走路又变了，拖得更厉害。他拿来几个杯子，倒上水，意思是谁也别急着走，他有话说。我养成了随身带杯子的习惯，自己倒了一杯。

兴之先开了口："俺娘说了，叫我带你出去逛逛。"

他说得很大方："我逛不逛都没啥。别叫你娘一个人跑了。"

我说："你不用操我的心。"

我看他还有话，他看向茂之一眼，没来由地说道："茂之……你从当兵到结婚，家里没有支持你一分，你别怪家里，我知道你受不少苦——"

我打断他："不年不节的，你说这些！"

我看他一个人在家，脑子出毛病了。他大吼一声：你别管我。狗听见声儿，大模大样走进来，走到他脚边卧倒。

195

茂之只一句："都过去了……"

都过去了——不错，茂之等于什么也没说。他不会说的，他也不知道怎么说。茂之不爱吭，他自己或许也没办法。

朱磊昌又说："一个人在家这些天，这几十年我都想了想，不管出了啥事，都是我的命吧。我身上就这些本事，有不到的地方，我也没法儿。"

他的命绑着我的命。

他摸他的狗，继续说："今儿看见兴之瘦成这样，我也想明白了，以后家里不会有啥事再缠住谁的腿，我自己能挡就挡过去，不能挡，那就不算咱家的事。反正，你们安心把自己过好吧。"

听不懂他说的啥。不过，朱家真的要变了。

兴之笑了，对他爹说："你还是想想去哪儿，一会儿他俩走，咱俩也走。"

磊子哥摆摆手，意思是不去。

我说："叫你去你就去，憋在家里瞎寻思。"

茂之说话了："就是。"

两个字。有些话，茂之永远化在肚子里了。

磊子哥起身去他屋里，静静的一小会儿，他从屋里出来，手上提着一个装酒的纸袋子（他竟然没变成一个不得志的酒鬼），里面好像是几件衣服，轻飘飘的。走吧，他说。

我扭脸笑了。

兴之站起来："去哪儿?"

先沿着南河看看，他说。

我说："再去趟商丘。"

他没理我，哼一声走出堂屋。我们娘儿仨把家里归整一番，短暂的团聚结束（没有艾尔克）。我上茂之的车，磊子哥上他长子的车，还有他的狗，我们一前一后行到镇上路口，然后分开。

我坐在后排，吴屯镇通往城里的路，阴凉满地。我看了一会儿，躺下睡觉。一躺下，感觉人像在船上。磊子哥怎么想着去南河了? 他壮年游过的河，现在要下水腿得抽筋吧。说起来，他没变成一个酒鬼，也是个人物——除了没对得住自己这一辈子。

"你睡着了?"茂之问。

"没有。"我说。

"你还想去哪儿，我跟你去。"

"你上班多忙。"

他没有再说，看他的背影有点丧气。以前他后脖颈有一疙瘩肉，现在不见了，像在表明他的决心。

我想起他说的话，说："没事儿，你说的，过去了，都能过去。"

想想，这样说，也不好，什么叫"过去了"，难过的，才说过去了。茂之这样说，我还这样说，不该的。

我补充了一句："等我和艾尔克回来，咱们再说。"

他满意点头。

十九

艾尔克不在家。我放下我的小包开始收拾卫生，家里当然干净整洁，可我就是想再收拾收拾。这样的话，我才觉得我和艾尔克生活在一起。拖过地，我给艾尔克打电话，他没接。活到现在，我害怕艾尔克不接电话。我坐下喝口水，有人敲门。是茂之。

"你也不说让我上来喝口水。"他说。

好吧。我给他倒一杯水："留下吃饭吧。"

茂之会擀面条，他喜欢做饭。他们兄弟三个都能从厨屋拾掇出吃食来，这一点像磊子哥。喝着水，他四处看看，这该是他第一次到艾尔克的住处。他们兄弟三个没什么事很少碰面说废话。我和磊子哥从他们小时候就不担心他们会打架，到现在长成男人眼看要变成老死不相往来。

茂之走进厨房，我跟在他后面，说："你小弟小时候多亲你，现在——你俩一年能见一次面？他心里有事，你不知道吧?"茂之放下水杯，默默找出面粉，开始和面。他的肚子下去了，手还是肥嘟嘟的。我拿出俩鸡蛋，打成蛋液。我们娘儿俩偎着厨房冰凉的案子，三尺的距离，他的心咚咚跳，我看得清清楚楚。他的意思是：我也不想这样，我也没办法。茂之的手肥厚，巧而有劲，和面很快。他让我去洗菜，我听话洗菜。几片菜叶子，我洗了老长时间。在艾尔克这里，我们母子好像回到了以前。

我们也没多说什么，一切得慢慢来。吃过面条，茂之就走了，我和衣睡了一觉。晚上，艾尔克回电话，他说有个聚会，后天才回。"我买了一罐小桃红花浆，你染染吧。"他说。我满屋找花浆，最后在衣柜找到。正好无事，我慢条斯理染个尽兴。这个花浆的味道和小云做的不全一样，但也在我面前幻化成小云，红艳艳的小云。艾尔克不舍得我，他害怕我到底得走。老天爷，这可有两全法?

艾尔克不在，我睡得早，第二天也醒得早。艾尔克若在，我们俩就是连着的，我习惯早睡，也不想睡。每次都是他的事忙完了，我的瞌睡劲儿才上来。仍是好天气，我抱被褥到阳台翻晒，敲门声又响起。我嘀咕是谁，打开门一看是兴之。真是热闹，茂之走罢，他又来了。对艾尔克，他们有这样的热心，也算一回。

"听说你小儿子不在，我来陪陪你。"他说。

"该不会是你不让他回来，你好来黏我吧？"我说。

他没吃饭过来的，我也还没提起劲儿做饭。我说："咱俩吃点啥？"他嗯嗯嗯想半天，说想喝玉米糁儿，我只好守着锅熬。他起先认真看我熬了一会儿，然后离开，不知道去干什么。等再回厨房，他一脸水。刚才去洗脸了？我想。我让他看着锅，我准备菜。他说配点咸菜就行，他知道我每年都腌萝卜干。就这样简单对付了一顿早饭。我看他的样子，喝得很香，动静不小，实际上没什么胃口。我刷碗时，他没来由地说："你学画画的地方，你带我去看看，我还挺稀罕了。"

我停下手上的活："你是不是有事？"

他笑说："能有什么事？我就是挺佩服你这个老太太，还真就去学了。"

收拾完，我们出发。电梯正从楼上下来，兴之想走楼梯，说什么"又没什么急事儿，咱俩慢慢走呗"。我拿眼瞪他，他笑。艾尔克的小屋比茂之家还高，我忘了是几楼，进电梯摁键的时候我能想起来摁哪个。我哗啦啦流水一样下了一层，转头发现兴之在后面慢吞吞地走。这样走，估计得走一晌午。

我仰头看他："你有事，就说吧。"

201

他说："没事啊，我刚出院，哪有你身体铁啊。"

楼下到处可见绿丛，好风吹得沙沙响。兴之俨然一副公园散步的架势，他一直夸艾尔克挑的地方好。他说郑州以前是绿城，可现在没那么绿了。我对郑州有说不出的感觉，太多跟我有关的人在这里，看上去热乎乎的，不清爽。我问兴之知道不知道南河边上那栋楼，他模棱两可地点头。"我想去那住。"我说。这回换他瞪我了，不知道朱家长子这个眼神什么意思。反正，我也不会和他住在河边的小楼。

等我们上车，我看日头，快中午了。一路上，兴之都在问他小时候的事。可惜，该忘的我都忘了。他埋怨唯独他没有一张小时候的照片。车还没停，我看见我"学校"所在的那栋矮楼了。我问兴之楼顶那几个字，我竟然只认识一个棉花的棉，他停好车下去，久久地扬起头看。看罢，他扭过身去，脚下空转了两下，好像被阳光晃了眼。"那是繁体字：國棉壹廠。"他又转过脸对我说，"以前这儿是个棉纺厂，现在叫年轻人用了。"我似懂不懂，只管点头。一进厂里，到处可见亮眼的色彩，还是年轻人有新奇的想法，现在哪里能看出是个工厂？我和兴之上到三楼，我们的教室空无一人。我一推，门没锁，我和兴之进去坐下。兴之一直说，不错，不错。他站到窗边向外面看出去，我悄悄走上讲台，想象我的老师 Forest 讲课时的样子。这是我第一次上讲台。小云上学那会儿，我去送她，趴在她的教室外面，感觉里面的书啊桌啊黑板啊都在发光，灼我的眼。每个物件，还有人，都散发特殊的香气。想起小云，就又想起她问我想学剪发的事，这真叫我难受，让我喘不过气。

兴之叫我了："街对面就是个驾校啊。"

我不知道驾校，那院子里每天都有车在转圈，慢吞吞的。

兴之很兴奋，说："你也去学开车吧。你看，有老头老太太学。你来看！学得多带劲儿。"

我当场批评他："你老是分不开裆儿，我还有那个闲空！有汽车有火车，我学开车干啥？浪费钱，浪费时间。"

我一个老农民说出了"浪费时间"这样的话。

他一直向我勾手，叫我先瞧瞧，真的有老头老太太在那学车。有个老头从车上下来，赶紧去喝口水。这一看就不是我能干的事。

我想想又说："再说了，就算学会了，我也不敢开。"
还是艾尔克真的懂我。

下午，我们又回到艾尔克的住处，兴之睡罢一觉走了。睡的时候，他指着艾尔克的床，问我是不是跟我小儿子睡在这张床。我不知道他是啥意思。我在厨房剥出一些花生豆，他不等我起身送他，说句"我走了"就走了，从背影看，没睡好。至此，旅途的插曲演唱完毕。晚上，艾尔克回来了，看上去面色不差。别人的脸色不管，艾尔克的一举一动我都得看在眼里。他知道我在注意他，轻松的样子有表演的成分。

吃饭的时候，他说："明天我们去长沙。"

他喜欢吃炸花生，一直夹。

我问他："你去哪儿了?"

他看我，意思是，不是告诉你了? 不想说就算了，我转而怪他不接电话。刷锅刷碗的时候，他又坐到电脑前进入他的状态。我洗漱过后，叫他早点睡，他照例让我先睡。我说："明天还出远门，早点睡。"他见我执意，关上了电脑。这个时候，他会不会觉得我烦? 我们俩在黑夜里聊了几句闲话，慢慢地，我进入一个梦里。

混混沌沌的梦，欧阳领来了圣人，一看就是他守护的那个圣人。他有点胖，穿着大袍子，看脸盘，有点眼熟。他让我坐下来(实在看不出坐在了什么地方)，呜啦啦说出一堆，我听不懂。接着，他就要带走艾尔克。我不知道艾尔克从哪里冒出来的，他高高兴兴地就跟胖圣人走了。我不愿意，叫欧阳帮忙拉住圣人问清楚。欧阳表示没有办法，我骂他一顿自己去追。我大声喊："胖老头！把我儿留下。"他不听，艾尔克也怪，头也不回，我就舍着我的老腿追啊追。忽然老天一变，胖老头不见了，有个人在前面地上躺着。我走过去，发现他浑身都是血。是艾尔克。

我一下醒了。

我想起来了，那个圣人是我公公——朱森厚——扮的，他老人家的大名我也想起来了（朱家兄弟分别是森厚，林厚，甲厚，噼里啪啦）。他为什么带走艾尔克？带走却不照看好。朱家，朱家。

艾尔克安睡在我边上，被子蹬开了。我轻轻给他盖好，下床走出卧室。杯子里有水，凉凉的，我一口喝光。回到床上估计也睡不着，就打开了电视，艾尔克教会我怎么开它，他平常不在的时候，我好解闷。我自然不是要看电视，有光有响儿，心里好受些。我怎么把艾尔克生在了朱家？望着明晃晃的电视，我不由得责怪自己。一个男子姓朱完全够了，我一下生出三个。

第二天，我和艾尔克出发去长沙，花花草草的春天，我坐上火车松出一口气。艾尔克买的快车票，一路上他隔一段时间就要离开我的视线。我们俩来不及说几句话，目的地就到了。我只拿两件换洗衣服、降压药、水杯，其余皆由艾尔克准备，所有东西也全由他背着。长沙正下雨，

205

我们缺一把伞。出了站，我们奔向一家小超市，艾尔克踮脚从货架的最上面直接取下一把撑开的大伞。那伞彩虹一样绚丽，只是蒙了尘，淋过雨，颜色洗刷得鲜亮无比。

艾尔克要拦出租车，我拉他去搭乘公交，好转来转去四处看看。预订的旅馆在岳麓山下，他皈依的寺庙就在那山上，我心里慢慢激动起来。长沙的雨黏丝丝的，哪里看上去都不开心。我们旅行到这里，也忽然生出累来。艾尔克给自己全身安了个玻璃罩，就那样坐在我边上。公交车驶上一座气派的桥，桥下是大河，比兰州的黄河宽，比不上吴屯镇的水明澈。艾尔克坐在我旁边，雨水飘到他身上。

"艾尔克，"我喊他，"跟我说，谁欺负你了？"

我只当玩笑说，为让他说几句话。他却正经回答："我受'欺负'的时候，你们都不在。"

我侧过身看他，心中滚动。

他看外面，又说："因为都过去了，我必须得告诉你，到长沙的时候，我差点死在这里——反正，过了一大关。"

很好，我能承受住，我只怕你什么都不说。艾尔克第二次真正离家出走，他回来后无一人问他缘由，甚至去了哪里，也是慢慢才知道。包括我，我也怯于问。朱家所有人都不敢问，我打赌。艾尔克身上有一股任何人都亲近不了的气，我紧挨着他，还是触摸不到他。

那时他住在兴之家，找了一个多月工作后，没有满意的结果。兴之和小厚每日回到家看见一个大闲人，双双尽是脸色（这不是艾尔克说的，从日后只言片语中，我默默拼凑出来的，我自己的儿子我自己疼）。农历三月初九，我专门记了日子，兴之打电话问我艾尔克是不是回家了。他的语气，我能听出来是出事了。早上他们两口子出门上班，艾尔克还在厨房刷碗。等晚上下班，家里黑漆漆的，一个人没有。六月初九，艾尔克回来（没去郑州），三个月，九十天，我失去他。

三月初七晚上，小厚与艾尔克长谈，说他儿戏。日后，艾尔克笑着向我吐出这个词——最不能用在他身上的词。他越笑，我越难受。艾尔克是这世上最不儿戏的人。三月初八晚上，兴之又将他训斥一顿，他瞪大眼，小鬼也能吓跑。我猜艾尔克一个字都没吭。一开始，他坐在沙发上看书，兴之发现他看的书不是他那时该看的，一顿着急。兴之坐下来讲他的道理，直至发火。

这些也不是艾尔克讲的，艾尔克从小都不告人的状。中秋节兴之回家，他问我艾尔克说了什么，我摇头，艾尔克什么都不会讲的。换我问他发生什么事，他脸色发暗，能看出他难受。他就慢慢讲他的，我在脑中画我自己的场景，该添的我满格添，该略去的我也不略。凭着母子连心，怀着没爆发的愤怒，我非要弄明白那些天发生在我小儿子身上的事。我的母亲杜姑娘以及我的儿子艾尔克，他们是各自家里的秘密。

现在，我来到了长沙，漫天湿雨浇得透透的，一个月的太阳也烤不干。我不能哭。我推上窗户，为艾尔克隔绝风雨。公交车行驶在高楼大厦间，曲曲折折，走走停停，像在深林中摸索。我问艾尔克还有多远，艾尔克又推开窗，指向远处，那座山脚下。雨下大了，我看见云里雾里有一片水墨。他又任雨水往他身上飘。

我看他一眼，不敢多看，说："你有心事，艾尔克，告诉我吧。看在我说出这句话实在不容易的分儿上，告诉我，艾尔克——先把窗户关上。"

他听话关上，说："我有很多心事，你问哪一桩哪一件?"

远在南方，没有一个认识的人，我们娘儿俩或许能敞开心门。

我直接回答他："你知道，艾尔克。"

艾尔克说："等到了旅馆，我们再说。"

就是这样，你走不进他。入住旅馆之后，我们就近吃饭，饭也吃得静静的，饭后天色就不早了。我看他的样子，并不想走走，咋会忽然间变成这样？几十年来，我头一次这么长时间赖着他，他终于装不下去了吗？长沙湿街，我们直接回旅馆。我先洗漱，等从卫生间出来，艾尔克睡着了。我坐在床上看他的脸，他现在是瘦长脸，小时候是人见人抱的喜人胖墩儿。艾尔克的饭量并不小，上学之后再不见胖回来，我多想再看见他圆胖胖的脸。说艾尔克有心事，他的瘦就是明证。

背包里有纸笔，睡觉之前，我趴桌上画兰州的黄河。白天我们路过长沙的河，艾尔克说是湘江，同样是大河，为什么差别那么大？我真是啥都不懂啊。彩铅的颜色不够饱满，我想把黄河涂得浓烈一些，黄河之上飘着一条红围巾，两种颜色简直要擦出火花。Forest 的手有魔法，总能调出心仪的颜色。欧阳转篮球该是同样的道理，那球就像从他的指尖长出来的。

电话响的时候，我刚把画扣上。是一个陌生号码，来自郑州。

我接下："是谁呀？"

我不会说你好。

那边是个稍微耳熟的声音："老嫂子，你啥时候再回来学画画啊？"

这世上叫我老嫂子的人没几个，我立马想到是我画画班里的同学。我很少与他们主动说话，他们都上过学，有的听着还是高才生。课间的时候，他们聊得热乎，像是憋坏了，我总是静静听。要互相留电话时，我先说我的号，然后让人家打过来，我一个也没办法存。跟他们说话，我露怯，我到底是个不会写字的老农民。

她继续说："同学们都学上瘾了，他们都说找你能联系上老师。老嫂子你快回来上课吧，你来，老师才来。大家在家都很无聊，在一起学画画多热闹啊。"

我也喊她老嫂子，叫不出她的名字，凭声音我对上是哪一个，他们说她男人年轻时非要休她，现在她把男人熬走了。她的头发跟我亲家母一样白，我还染着头发呢，要是混熟了，我就叫她染小桃红。

我说："老嫂子，我早就不去了，你们先学吧。"

过了年那会儿，艾尔克发话先不去学画画了（他的小屋与画画班实在太远），叫我自己在家琢磨。我们住在小屋，静等天暖去长沙。

电话那边发急了："老嫂子，你不来上课，老师就不用来了呀！"

我没听懂什么意思，她继续说："还是告诉你吧，你就当不知道，这课是专门为你开的，孩子多好啊！拉上老师来上课，遂了孩子的孝心吧，我们在一起好玩耍。同学们都等你呢，托我联系你。"

我扭头看艾尔克，他睡得安静。我的心跳呼一下加上油门，按也按不住，真怕血压升上来闹事。挂掉电话，我躺床上"思考"，不觉进入梦里，全班同学托着腮看 Forest 上课，Forest 脸上发红。我盯着他看，他就是不看我。深夜里，我又醒了，气呼呼的。我打开床头灯，准备叫醒艾尔克撒气，发现他的床上没有人。

二十

　　等到在吴屯镇怀上第二胎，我姥姥说了一句怪话：这下，你真的是吴屯镇朱家的人了。她老人家没赶上见艾尔克，不然，又会说什么呢？发现怀孕以后，我谁也没吭声，一人跑到孙八楼。我姥姥给我煮红糖荷包蛋，她看出来了，手捧住我的脸说出上面的话。回想老妖精的话，一个孩子女人还有回头路，两个孩子彻底把女人锁死。那时候我就隐隐觉得这一胎不一样（至于多年后生艾尔克，那是我和磊子哥的女儿计划，是另外一回事）。果然，茂之从长相到脾性，长到三岁就看出和他大哥没一点像的地方。我公公是个老腐朽，还是稀罕兴之，婆婆则一样疼。她真是个难得一遇的女人，她也说茂之不一样。

　　茂之十五岁初中毕业去当兵，他的性情在那一年转了个折儿（那时当兵得到十八岁，办户口的晕蛋写错年份，茂之早早走出了吴屯镇）。考不上高中，他跟着人去工地卖力气。不到仨月，他坚持不住而任性回家，挣了三百二十六块钱，一毛没留全给了我（我这辈子记了几个数：我姥姥活到一百零二岁，艾尔克是三月初九离家出走的，茂之挣了三百二十六块钱，以及杨家十二女将）。那是夏天，他身上全是蚊子叮咬的红包，头发长得似野人，单眼皮，呆眼神。他从车站走到家，碰到熟人也不说话，也有几个人压根儿没认出他，认出他的人跑到家里大惊小怪。一连几天，茂之藏在屋里不见人。那时候兴之跑到郑州投奔桦昌，一年不到，果然如磊子哥所料混到饭吃。我就自然而然提出让茂之去找他，磊子哥不同意，婆婆也说耽误兴之发展（兴之是她搂着长大的）。打工，茂之那边死活是不会去了。磊子哥嫌他没出息，当着我的面细数茂之的毛病，一二三条，全都随我。茂之窝在里屋，听得清清楚楚。我冲他一咬牙，要发怒，他不敢再多说，留一句"孩子叫你娇惯坏了"转身走掉。日后，艾尔克（那时他刚六岁，在里屋陪他哥哥）活脱我的翻版，他也是这句话，三个儿子，只有老大是他朱家的血性。等茂之混出了"出息"，他又是另一套说辞。朱磊昌是个狗眼看人低的货色，还是个不叫人待见的势利眼。

茂之打工回来的那天晚上，我一张一张票子数他挣的钱，钱上全是他的汗味，泪珠一颗一颗掉。我一辈子当农民无疑了，面朝黄土地，流尽汗水，使光力气，最后也埋在这黄土地里。这是我的命，我没办法。我想，我决不能让茂之再走我的路，想来想去还得叫他回学校。第二天，我去屋里看他，大热天他蒙着头睡觉，吓得他小弟也不敢亲近他（几年后他考上军校，我逼着他改掉了这个毛病，男人就要敞敞亮亮见人）。我把大道理摆出来，轻声细语，一字一句，他却回我他学不会，坐在教室里害怕。艾尔克在一旁眨眼，心疼他的哥哥。我心里发急，只能捶床，也不敢训他。

中午做饭，婆婆烧火，我下面条，我问她茂之该怎么办，她不应我。我挂着脸色，她看见了。之前茂之刚生出来，我也问过她，她说留一个儿子守家，我不愿意。当时不愿意，现在更不用说，破烂朱家有什么好守的？灶膛里的火映着女将的脸，面条全下锅里，我等着水再开，婆婆咔嚓掰折一把柴条，往灶膛里一送，说："当兵！叫茂之当兵，走他叔的路！"

我心里一亮，沸水咕噜，手下挑开面条，真叫人激动，都快哭了。可转念一想，又怕他吃苦。婆婆这时在水汽里说："茂之这孩子，得往后看，不能让他待在家当老农民。看你能不能狠下心！"不该娇惯的时候我也不会手软的，她老人家全说到我心里，杨家人比朱家人强一百倍。丢下一锅面条，我跑出厨屋去找茂之（就这几步里，姥姥那句怪话响在耳边），告诉他这个好事。他眨眼，像艾尔克，说不出什么主意。

秋季招兵，茂之体检顺利，穿上了军装。自那离家，他再没有花家里一分钱，十五岁的孩子呀。想到这一点，我就想哭。他是个听话的孩子，能不说话就不说话，我和磊子哥先后出事，他无论用钱还是有事，全都一人扛着。我知道，他受了不少苦，最后发展成一肚子对家里的怨念。

第二年探亲，他从车站走到家，又从家走到地里找我。远远的，我从地里直起腰，看见一个绿莹莹的七尺好男子，白脸庞，直溜背，不拐弯走到朱家的地里，走到我跟前，晃得我快晕了。他喊我，我快要跳着唱着蹦起来，别人家的孩子当兵又黑又瘦，我的茂之又白又胖。他说，我也没少受罪，部队的伙食好，我吃了就胖。我说好好好。又说我天天锻炼，累得要命。我说是是是。我们娘儿俩一路回家，我扭着我的腚。吴屯镇的父老乡亲，见了都招呼：茂之回来了。我轻轻拽他，让他应人，他就照做。他再也不用躲在屋里蒙住头了。

那个时候，还有一件幸福事发生。当时我正苦于瘘疮，磊子哥觉得没大事不搭理我，我也懒得在他跟前嘟囔。茂之知道了，回部队之前，非要带我去曹县看病，顺道去看他三姑，他当兵走三姑专门来送他，还给他一张崭新的一百块钱（那是摆摊挣的零钱去银行换的）。他骑洋车子载我，先去省界车站搭车。一路上，坐在后面看着我儿子壮实直溜的背，我也忘了我的病了，直想唱歌。眼看要到车站，他碰倒一个放羊的老头儿。他也不害怕，趴到人家脸上，不知道说了什么，那老头儿捂着屁股站起来，叫我们快走。这是我的茂之，太阳一样把我照化了。现在的茂之我有些傻眼，不敢认了。这些也全成了我在吴屯镇的往事。

我知道，我去看小郡，他欢天喜地，静等我为他撑起一片天。我也努力（比干农活还累）包揽一切杂事，谁料磊子哥骂了一辈子的笨蛋，果然不假，我往东撞墙，往西碰壁，处处狭窄，挪不开步。我的出走，不全是赌气，也有对不争气的自己的无奈。

这些全是我老老实实"思考"的，我说不出来。对艾尔克，也说不出来。我忽然发现，他的出走（也包括我），跟茂之的蒙头，是一回事，都是躲。茂之躲得近，艾尔克跑得远（茂之幸运，早早当兵找到了他的路）。回头再往深处一想，都不近。就像我在茂之家住，天天见面蹭衣裳，我却觉着他离我很远。

这趟出走，不管是躲还是破，都算一回。到了长沙，山山水水，更激活了我沉睡的心。艾尔克的陪伴，让这一切不那么像梦。我不在意多久多远，踏出茂林苑的那一刻，我就赢了。这辈子，豁在吴屯镇的这大半人生就值了。

"磊子哥，我这样才是值——了。"

醒来发现艾尔克不在身旁，我的心一下沉到底，山山水水一把抹去，眼前是荒原。我打给艾尔克，他先是不接，只要电话还通，就还有救。我故意等了一小会儿，他需要这样喘气的空儿。我正要再打过去，他打来了。

"艾尔克，"我说，一张口，眼泪跟着掉下来，"你在哪儿？你不管我了？没有你，我回不了家呀。"

"我明早再回去，"他说，"你先睡吧。"

"你在哪儿？"我执意问他。

"是有点事情……"

我的心提起来："你是不是生病了？这一路上，你都不说话，我假装看不见，可我还是看见了。"

艾尔克吸一下鼻子，他在哭。

我说："让我去找你，七十岁的老太婆不用睡太多觉。"

艾尔克说："Forest 生病了。我来看看他，你不用来。"

我松一口气，放弃再追缠他。天亮以后，我快速洗漱完，正准备出门，他回来了，肿着俩眼，说要睡觉。茂之当年初中毕业后，不干别的，就是睡觉，蒙着头，逃避万事。

艾尔克往床上一倒，我拔掉他的鞋，又拉上窗帘，一声不吭坐在他身边。旅馆挨着山，一派静气，夜像又回来了。姥姥有一年犯糊涂（离她仙逝还有一年），非派人叫我去陪她。那时她非要一人在孙八楼过活，谁也不跟，我每每去看她就骂她是老妖精。孙八楼的人都知道杜家有个不出门、死不了的老寿星。我去陪她，她躺在我怀里，跟我拉东扯西，提到我母亲不断摇头。忽然之间，她嫌窗子太亮，那时谁家也不安窗帘，我放下她，找了一张床单，又拿来钉子和锤，整个儿遮住了窗子。亮莹莹的光打在床单上，我看那是姥姥的绣花，孤零零一枝红梅。这是她自己吧。我又抱姥姥入怀，她歪着脸看梅花，直到睡着（一年后，她走，杜家东西归杜家，她老人家的绣花都归我）。

艾尔克睡了半晌午，睁眼就说："走，咱去山上。"

我摁住他："Forest 在长沙？"

他犹豫一下，继而点头。

我说："那先不去山上，带我去看他。他也来长沙了，真是巧，叫上他，我们三个去爬山。他是你朋友，艾尔克，我知道。"

艾尔克起身，说："怕是不行，他爬不了山。"

我说："那我们先去看他。"

艾尔克只得依我。他下床去洗澡，说需要清醒。我默默等他，拉开窗帘，长沙放晴了，蓝天下是翠绿的山。电话响起，我看名字有点陌生，好好认了认，是"朋友"两个字，眼前一下锃亮。

"阿姨，"电话那头喊，"你把我忘了吧？"

的确是我的朋友，我喜极掉泪："我在长沙呢，你也来了吗？！"

年轻人在那头笑，批评我心野。我问他好不好，他妈妈好不好，他说都好。我嘎嘎笑，说已经闻到了烤馕的香味。他那边直说要给我邮寄，有朋友给邮寄礼物是多大的荣光啊，我不会客气的。

我说："你快来找我吧，我老了，跑不动了，你来找我玩。"

他说好。我不再瞎激动，等他说正事。

接着他说起打电话的原因，阿热阔恰61号的住户跟他联系了。我想着，什么样的事值得人家联系他，他又专门打来告诉我。难道邀请艾尔克去参加"再吐古丽"的周年祭？

"再吐古丽阿姨的儿子找到了我，"我的朋友说，"他说，多年前的确有个年轻的男孩子在他家里住过几天。"

我听出我的朋友绕着不敢说正事。

我等他继续说："他说，那个男孩子喜欢吃他妈妈做的汤饭，还让他妈妈起了一个维吾尔语名字。"

我忍不住了："这些我知道，你也知道我知道。"

老实讲，我可不知道"艾尔克"这个名字是再吐古丽取的——嫉妒。

朋友咳了一声："他问……那个男孩子还……在不在，准备把羊肉汤饭的详细做法邮寄过去，这是他妈妈生前专门交代的。"

我不明白："还在不在？"

朋友还咳嗽，说："他说……那个男孩子在屋里自杀了一次，叫他妈妈救下了。阿姨……"

胸口一抽，我的手机直接从我手里脱落掉地上，艾尔克洗澡的水声哗哗响。我那傻子朋友直接就这样冲我问出来了。

我捡起来，装作平静："他们分开的时候，什么联系方式也没留下吗？"

朋友说："他妈妈说，男孩子走的时候只说会回来看她。"

心口刚抽那一下，血肉抽掉一半，一时晕得站不稳，我慢慢坐到床上。

朋友喊我："阿姨，我给你邮寄过去吧，给我说一个地址。他……还好吧，阿姨？"

"好……"我说，"等一会儿我叫他发个地址给你。"

我又问："哈密还好吧？"

朋友说："好。"

围绕艾尔克，我们又聊了两句，我的血压眼睁睁升上来，太阳穴上像有人拉弓。结束电话，我找到降压药吃了一片。水声骤停，我赶紧搓了一把脸，等艾尔克出来。走吧，他说。他穿一件背心和一条内裤，腿比我的还细一些。我压着情绪和泪水，他直接穿衣服，一件衬衫掖进一条柔软的裤子里。他本可以长成人见人爱的好男子。小时候，我带他去拍照，光屁股坐在沙发上，肥嘟嘟的，还皱着眉（那时候只当可爱）。照相馆老板拿到照片，相当得意，非要留一张，张贴在店里。那时的艾尔克绝不是要长大自杀的。

走吧。我说。

他也热衷锻炼身体，这一点像我。我没活儿干时就慢慢跑步，睡觉前习惯抻筋。他在家铺出一张垫子默默锻炼，最后以调整呼吸和打坐收尾。他教会我几个实用动作，我多用它们来恢复精力，同时揣摩他打坐的时候会想些什么。

"谁打电话?"他问。他听到了。

"我的朋友。"

"你还有朋友?"

"我真是可怜，去了一趟哈密，才有第一个朋友。"我说。心想要是算的话，几十年来，我的朋友就是吴屯镇那些老旧的人。

"你们说什么?"

"他问我什么时候去看他。"我说，"我们走吧，艾尔克，去看我的老师，他也是我朋友。"

一出旅馆，乌云从天边滚过来，艾尔克返回拿伞。雨没落下来，他一离开，我的泪先掉下来。他为什么自杀呢? 我一手养大的孩子，朱家的男人，再怎么难也不会轻生呀! 五叔跳井，那是受了冤屈，就算有根儿，也不该种到我的儿子身上。艾尔克在阿热阔恰 61 号将自己交待给一根绳子（我朋友说得含蓄，我听出来了），我最看不起男人那样。

不能细想下去，眼泪汇聚成浪卷过五脏，我看人们三三两两都往一个坡上走，就抽泣着跟上去。我控诉我的姥姥（哦，她才是我第一个朋友），我的母亲——短命的杜姑娘：你们告诉我，谁把我的艾尔克生成这样？不是我，不是我！

迎面走来一个小女孩儿，比小郡大一些，她指着我向妈妈说："妈妈，你看，那个奶奶！"她妈妈不让她指我，她竟向我走过来，手刚碰到我，我扑到她怀里，像找到自己的闺女，呜呜哭叫。我的艾尔克，我险些丢掉他，该死的朱家。估摸着艾尔克快追上来，眼泪很快也止住了。我的女儿擦我的泪，我放她们母女走。艾尔克打来电话，听着语气要生气。他以为我又在报复他，在这个节骨眼儿上？

"直接上山，我在前面等你。"我说。

二十一

　　说起来，欧阳也是我的朋友。守墓人的后代，相当牢靠。我的朋友标准是（七十岁的人说这话，有点脸红），在这个人面前我很自在。因为笨，说话不会"思考"，需要什么，直接讲出来，而这个人接得又很爽快——在我眼中，我们就是朋友。七十岁这一年定的标准，欧阳完全符合。茂林苑有个和我跑步的妹妹，公安警察退下来的，描眉画眼，高挑的个头，谁都不理，偏和我一见如故。我们每天早晨起来跑步，返程散步，互诉琐事。可惜，她男人一朝病故，她就随女儿住去了。她不打电话，我也不打，淡淡的关系，可我知道只要碰上了，照样能拉住手说一车话。夏天的时候，我们晚上跑步回来，她必买三支雪糕（她买的都是不便宜的），我俩一人一支，另外一支她给——欧阳。

欧阳结过一次婚，妻子难产而死，孩子也没保住。他自那独身至今。中间有人给他介绍一个知心的，他告诉我他差一点就动心了，想想还是放不下死去的妻子和孩子，"不想耽误人家好女子"。玩上篮球以后，他就彻底放弃了再成家。他怎么来到茂林苑的，其中周折，我没问。欧阳穷，不错，可他身上寻不见一点儿穷酸样。男人任何时候都不能有穷酸样。

当"朋友"这个词进入我的认知，我就不断想象一个场景：在一个不大的饭店厢房里，我、年轻人朋友、欧阳、跑步的朋友，还有艾尔克和我姥姥，我们六个人围桌而坐，桌上摆着可口的饭菜，是什么都不重要，我们畅聊喝酒。我甚至可以吆五喝六，因为他们是我的朋友，他们知道我几斤几两。他们笑话我笑得岔了气，洒洒一桌。

艾尔克从儿子变到朋友，自然全在于他的努力。没有他细致地体谅我的处境，我甚至可能活不下去。三个儿子，老天爷好歹给我留下一个知心的。现在，就差他隐藏的内心。我想不通，如果他不生病，他到底有什么可隐瞒我的？

我们走在岳麓山上，艾尔克显得平静异常。我问两边的大树叫什么名字，他说叫枫香树。我说这树真气派，第一次见这么高的树。他说是的，还有人认养呢。我听着挺稀奇，也不再问。本来，我也不是要说树。

雨水是时候落下来，我们俩紧靠在伞下。

"寺庙快到了吧?"我说。

他点头。

"拜过，我们就去看 Forest。"我看他，"你不想让我去?"

"不是那样。"艾尔克说，"他状态不好，不想见人。"

我低头细想一番，也罢。我们拐进一条小道，石阶斜斜向上，两边湿亮亮的灌丛擦过我们的腿，我闻见烧香的味儿了。抬头一看，庙的角掩映在高树之间，青蓝色的烟飘在上面，久不散开。再看看雨，并不准备下大，而是黏黏糊糊地飘不尽。

"艾尔克，"我喊，给自己壮胆，"你的再吐古丽阿姨不在了。"

艾尔克停下看我。我脚下一个打滑，膝盖磕在石阶上，艾尔克扶得及时，不然整个脸也得磕上去。

"她叮嘱儿子，一定要把羊肉汤饭的做法给你邮寄过来。"我继续说，膝盖生疼，"我去阿热阔恰 61 号的时候，已经没有人在那儿住了。"

艾尔克一手搀我，一手打伞，我们爬完石阶，转过一丛绿植，麓山寺的大门就在眼前了。艾尔克一人走进这扇

226

门的那天，如光闪烁，硬要挤进这一刻，与我身边的艾尔克重叠。

"你不该一人跑到这里，不该呀。"我耍赖地说，"我本来要活一百零五岁的，你折了我五年的寿命。"

雨丝无声地飘，人们进进出出，这是他们眼里的风景，这是收留我儿子的地方。我们俩一同仰头看，我看什么我不知道，他看什么我也不知道，我俩的心在紧急找对方。

艾尔克开口："我想过她早走了。"

我掏出手机给他："把你的地址发过去吧。"

我不提他自杀的事。我害怕。万一，他面临的问题是我解决不了的，我只有一头撞死了。我能做的是让他留恋我（Forest 老说留恋这里，留恋那里，都是好风景，都想再去一回）。

对，留恋我，弥补那五年。

我们走进寺中，白鸽落在屋顶清洗翅膀，有的飞下来寻觅吃的。一个老和尚，一脸凶相，扛着一把老大的伞，往地上撒粮食。再上石阶，膝盖不敢弯曲，我硬着头皮和艾尔克爬上大殿。我们娘儿俩同时吁气，跪在蒲团上，心中滋味难以吐出来。菩萨佛祖在上，我来了，带着艾尔克。

承接我婆婆杨虎荣，嫁到朱家五十年，每逢初一、十五，我必烧香。起初，我也学她，祈求神明保佑平安。变化发生在房子翻盖之后，我搬到二楼，同时也抱着菩萨随我上楼。我躺在床上看她，她也看我，我心里的话她全听去。渐渐地，她在我眼里不再是神明（本来也不是），而成为一个说话的对象。她无言，我也不张口。一年又一年，菩萨成为我特殊的朋友。麓山寺的蒲团上，我祈求菩萨听到我的心声，把旁边艾尔克的心声告诉我。别的，我都没有求。

走出大殿，我们去寻给艾尔克办皈依证的师父，艾尔克说他的法号叫衍悔，既然来了，哆哆嗦嗦见一下。我们一路见和尚便问，他们都不知道。最后问到那个喂鸽子的老和尚，眼见鸽子被我们吓得飞走，他火冒三丈："快走!快走!"我们也吓了一跳，没见过这么凶的和尚，刚转身，他又说道："你找衍悔，怕是找不到了，还俗了。"我们娘儿俩对看一眼，愣在原地不知道接什么。白鸽忽地纷纷然落下来，那老和尚欢喜得来回跳脚。

出了寺庙，我的膝盖不能再支撑我走路，只能一只脚蹦着走。艾尔克弯下腰背我，我推开他："你能背动我?!"能背动，我也不舍得。

艾尔克强势背起我，我撑着伞，我们下山。原来他也有把子力气。背了一程，我叫他务必歇歇，歇罢，他继续要背，一直背到旅馆。他去药店买药，我坐在床上等他。干坐了一会儿，我跳到桌前，掏出纸笔，画山上的枫香树，只画一棵，直通向天，我希望有一条这样直通通的路，进到艾尔克心里。树冠被我涂成一大片绿云，一团一团拥挤在一起。正静静看着，我的朋友欧阳打来。

"茂之搬家了，老姐姐。"他说，"一辆大车把所有东西都搬走了。"

我哦一声。我在长沙，我说。

"回来看看吧。"欧阳又说。

我的朋友这样说了，看来我得回去。艾尔克回来，我告诉他这件事，他说茂之的大房子装修好了，要把我和磊子哥接过去。我听着不回应，他认真为我贴上膏药。

"看，"他说，"到处瞎跑，免不了得摔两下。"

"我愿意呀。"我说。

他笑着哼我。

"你去看 Forest 吧，"我说，"我自己在这儿休息。"

他说不用。这时那个男人又轻轻地唱起来，电话来了。他看手机，说是关心我的人打来了，我撇嘴。我知道是磊子哥。谁知，刚说两句，艾尔克假装无事，出了房间。等人回来，他脸上浮着一层暗影，我问他什么事。他瞥见桌上的绿树，看了那么一下。他应该自豪，我会自觉地画画了，可他看上去像照见自己不堪的脸。

"我们得回郑州。"他说，"你在这儿等我，我出去找车。"

"这就回去?"我盯着他看，"你去哪里找车?"

艾尔克挠头，强笑道："我去找 Forest。"

我前后一想，问艾尔克："你大哥出事了?"

艾尔克坐到我跟前："他想你了，想叫你伺候他住院。"

我全身一颤："他又住院了?"

艾尔克点头，又点得不情愿。

我不再追问，说："那好，我们回去。"

艾尔克躲避我似的走出房间。我掏出手机准备打给兴之，想想还是装糊涂。我一个喷嚏也没打，他不会出什么事。等待的时间，我热得出汗，好像是有什么不对劲。艾尔克回来带着一个男人，戴一顶帽子，浑身都很利索，也不说话，他们两个扶我一路到旅馆外车里。我和艾尔克坐后排，那个男人自行去开车。

"这是 Forest 的车。"艾尔克说，"人也是他找的。"

"我想着他也会来。"

"我不让他来，他还在医院。"

"没事儿吧，艾尔克?"

"你可以睡一会儿，到郑州要晚上了。"

如此，车开一路，一下不停，途中我迷迷糊糊睡着，又昏昏沉沉醒来。我枕着艾尔克的腿，睁眼看他几回，都是盯着外面看，长睫毛衬得他忧愁难解。真是艰难的一路。到医院，开车的人直接走了，像个完成任务的机器。茂之等在门口，一脸热切，难道悔悟出亲娘最亲的道理，还是说真的出事了？他们兄弟俩扶着我上楼，病房在八楼，电梯到七楼，一二三四五六七，电梯里聒得不得了。出了电梯，我们母子三个默默爬了一层，黑漆漆的楼道，我也不问，他们也不说。一进走廊，全是朱家的人，唬得我浑身瘫软，一下激出一身汗。

茂之和艾尔克架起我，茂之忽然泣道："我哥等你了，娘。"

我狠推他一下，骂他："你哭啥!"

我不相信，搡开他们兄弟俩，自己拖着腿推开病房的门，兴之从来没那么安分地躺在那里。从小到大，他都是有窗户不走门的主儿。我支撑不住，扑倒地上，往前爬。摸到床腿，我跪着起来，抓住兴之的手，温温的。

"兴之……兴之……"我喊他，"我的孩儿，娘来了……"

他不应我，手上一寸一寸变凉。

我还喊他："兴之！兴之……你还叫我活不活……兴之！"

他睁开眼笑了，说："国棉一厂……我刚到郑州的时候，在那干过。"

我不知道他说的哪跟哪。他还说："你要是那时候去国棉一厂，咱俩……咱娘儿俩还能碰见呢。"

他又合上眼，我有点着急，说："咱娘儿俩不正在一块儿了。"

他的手回来一点温度，眼微微睁开，他喊我，想笑，没笑开。他要再喊，眼皮却盖上，手在我手里全部变凉，快得很。

老天爷这样安排，我就看不懂了。就算我能活到一百岁，送走我的兴之，我再活三十年，还有什么意思！

葬礼过后，我剪掉头发，短得不成样子，和艾尔克去街上挑了一顶帽子戴上。那头发一半橙红，一半花白，早该剪了。街上是万箭穿心的风，太阳下人们还是那样。买到帽子，我赶紧戴上，这才稍微感觉自己的身体不漏风。

二十二

我这辈子只见磊子哥哭过一回，就是婆婆死的时候，具体说是出殡那天。婆婆咽气那会儿，四个闺女哭成一片，他只红了眼。等到出殡，他披麻戴孝，哭得眼泪鼻涕一大把。如今，他的长子——他的山一样的儿子死了，在医院时，他像猛叫人敲了双腿一样，当场软下去。可他没哭，接着铁人一样料理后事，认认真真把场面上的事做完。生在春天，死在春天，我的兴之。我记得可清楚，兴之来到那一天，接生婆出去，磊子哥冲进来，忘了关门，吴屯镇的花香被他卷进来。我们有了儿子，他高兴得眼睛鼻子挤成一堆儿。

立夏前一天，兴之死后又一个平平常常的日子，我早起做饭，艾尔克吃过出了门，我们两个没说什么话。整个朱家还没缓过劲来，谁也没有法子。我心里希望艾尔克出去，我想自己待一待。倒掉剩饭，我搓泥一样把厨房一寸一寸收拾干净。我的姥姥啊，我真难受，身体憋得出不来气。收拾罢，我坐在小椅子上看窗帘筛下来的阳光。看着看着，我想我从这楼上跳下去吧，哪还有这些事儿闹心。没坐多大会儿，门被敲响了。来人敲了几下，我仍坐着不愿动，咚咚咚，像小时候的拨浪鼓。那人继续敲，我慢慢起身去开门，是朱磊昌。我以为做梦呢，他居然找到这里。

"你小儿子不在家吧?"他说。

我问他咋回事。

"给我倒杯水。"他说着就坐下，我的小椅子他坐得吱吱响。他这一坐，我想起来了，这是兴之给我买的得劲小椅子。他见我坐的小板凳太窝屈，不吭声买了带来的。现在他爹坐上了。

倒过水，我抓了一把青菜坐小板凳上择菜。菜是择过的，可我干坐着吗?

我说："茂之送你来的吧?"

他一口喝光水，淋得满胡子都是，然后啪一声把杯子放桌上。

他说："你大儿子叫我来的。"

一听这话，我身上多处肉猛地一跳，像刺往外拱。一

234

般情况下，他说艾尔克和茂之，都说"你小儿子"和"你二儿子"，说兴之，就直呼兴之的名字。现在他说"你大儿子"，他害怕叫那个名字。

面上假装没事，我说："你别发神经了。"

他没来由地又说道："这屋里能闻见你小儿子小时候的味儿。"

我看他像喝醉了一样，别的也没多说，我也不想接他的话。我起身去提水壶，好让他自己倒水喝。等回来一看，他哭了。

兴之走后，要把他埋哪儿，我和磊子哥因为这事吵了一架。朱磊昌自然要把朱家的长子长孙埋进祖坟，这是不用说的事。可兴之早已是城里的人，死了也该入土城里的公墓，不用费劲巴拉地回吴屯镇，往乱糟糟的祖坟挤。再说了，我和磊子哥还在，兴之的坟安在哪儿？必得预留出我和朱磊昌的位置，孤零零地杵在那儿，就怕路人不知道朱家早死一个儿子。我不同意兴之回祖坟，现在想想，也是借事闹事。兴之不在，我一时间傻眼了，不知道气从哪儿进从哪儿出。到最后，我也没挡着朱家人叶落归根。兴之放进一个小盒，一辈子除了刚生下来那两年，头一回老实成这样。我抱着小盒，从郑州回吴屯镇，眼一直看窗外的风景。等到吴屯镇的地在外面铺展开，我想起不久前和兴之在路边歇脚。我当时画的画，应该一直在他车上呢。我叫司机停车歇会儿，朱磊昌想吱声，茂之压住他。安静的车里，小厚又哭起来，怀里搂着她的儿子。老天爷，我忘了，兴之还撇下一个儿子呢。

我改为坐沙发上，端端地看朱磊昌。两个肩膀抖得一身衣裳都跟着颤，他就那样哭起来了。他的头发长了，像糊了一顶老帽子。哭着哭着，他就开始号啕。这情形，我没见过，婆婆要是见了，心会碎的。我不动，由他哭，南河的水由他的眼里流出来，淹了艾尔克的屋。我没见过朱磊昌小时候，他小时候哭大概就是这个样儿。他的小时候肯定很短，两个肩膀像钢铁一样硬，早早扛起了整个家。现在这钢铁生了锈。怪不得杨家女将一倒下，一天不到就生生咽了气，就怕拖累她的儿子——她的儿子太累了。还好，朱磊昌哭出来了，兰州的黄泥浆都要哭出来。扑通一声，小椅子一歪，他倒地上了。我还不动，也不吭气儿。他盘腿坐那儿，黄泥浆哭成清凌凌的南河。一路哭下来，他不单哭他的儿子，也哭他的娘，哭他自己。男人这个时候就会想他的娘。旁人都以为我生气茂之不孝顺，我实际上怕有一天他找娘找不到而后悔。

估计摔了一下摔醒了，朱磊昌伸胳膊把鼻涕一抹，开始说话："兴之快生那会儿，我做过一个梦，"他笑，"他

236

活蹦乱跳来找我，嘟着嘴跟我说，他来帮我的忙了。还说……还说来得有点晚，可还是来了，呜……我的儿哟。”

我不知道这个梦。不过，朱磊昌和兴之是有缘的好父子。

他又说："没过几天，兴之就来了。那两年真是高兴，不管干活干多累，抱他总抱不够。后来又生了你二儿子你小儿子，我都没抱过，我的一个心全给兴之了。噫——他说走就走，这不是杀我了！"他捶他的心，泪又流下来。

我猜他也清楚自己对茂之和艾尔克有几分。我只能由他哭，劝不了，也安慰不了。大半晌儿过去，他消停了，笨猪一样从地上起来。他痴愣愣看外面的天，我等他发话。

我姥姥那个老妖精稀罕朱家的男人，那个时候回娘家，姥姥必从孙八楼赶过去，为朱磊昌烧好菜。我若自己回去，她就会问"小昌咋不来"——她唤"小昌"，我婆婆也只喊"昌"。这样说起来，朱磊昌是个有福的男人，世上有那么几个女人都真心给他一个名字。而我姥姥最后，她的小昌为她料理得当，哭天抢地，可以说外孙女婿顶上一个儿子了。

朱磊昌磨过身说："我走啦。"

我站起来说："你走吧——你咋走？"

朱磊昌手一摆："你不用管。"瘸着腿，就走了。

门关后，我杵了好大一会儿，朱磊昌哭出的河还在屋里哗哗流淌。等我也死了，见到婆婆和姥姥，她俩必定骂我，我没把兴之看好，这是多大的罪。还有朱磊昌，腰都哭弯了。怎么，朱家的男人经我的手，折成这样？我走到窗边往下看，朱磊昌还在路上走着，慢吞吞，像一只老蚂蚁。

二月的时候，艾尔克辞职了，我没有多问，两个人腻在一起享受天伦之乐。兴之一死，我们俩彻底绑在一块。茂之的大房子收拾好后，他一直叫我和磊子哥去住一住。换个环境，换个心情，那是屁话，不管我走到哪儿，兴之的魂儿都会跟上我。磊子哥从吴屯镇去了，我只跟艾尔克在一起。我不是生气，相比我需要艾尔克，他更依赖我。兴之走，我没倒下，艾尔克高烧几天不退，烧退之后，又呕吐不止。看他的痛苦样子，我想他早知道事情有多严重，所以才辞职，好为那一天的到来时时做着准备。他闹出这么大的动静，我得挺起来。

这样熬过十天半月，磊子哥也哭过，朱家才喘出一口气来。有时候，艾尔克下楼买菜买果买衣裳，他不在的一小段时间里，我会安生哭一场。哭罢，到卫生间清洗一番，重新开始。这种情况持续到六月，听说玉米早已种进地里，朱家无论是谁，哭也哭烦了。艾尔克每天坚持到电脑跟前敲打一会儿，其余时间我们俩做些吃的，说些闲话，或者他引导我看看电视。兴之早就骂我，连电视都不会看。我嫌它晃眼，小孩子看的东西我也看不懂。很多时候，我和艾尔克无法避免说到兴之，那就大大方方说下去，没人意识到，他已经走了。

二十三

艾尔克上大学时去东北，目的地是一个叫锦州的地方。我想起毛主席说过一句话：锦州那个地方出苹果。估计是一个地方。既然新疆都跑了，东北咬咬牙也能去。我不知道艾尔克心里面怎么样了，我想我们娘儿俩应该出去走走。拿不定主意，不敢在他面前开口，我就拿起手机给兴之打电话，这又想起他已经死了。我拿着手机，坐在床上又笑又哭。

我记得当时，艾尔克的高中同学一再邀请他去玩，他最终趁着一个小假期坐上了长途慢火车。他的这个同学，后来在东北上研究生，索性留在东北生活。他们当时去了渤海里的笔架山，山岛和海岸之间有一条神路，随着潮涨潮落，神路时没时现。那时的艾尔克很多事还愿意跟我讲，从锦州回来，他显然很高兴，和老同学相聚的琐碎都一一讲给我。

一天晚上，灭灯之后，我们躺在床上说话。我趁着黑夜说想去锦州，他也没迟疑，说："好啊。"那就是"不好"的意思，我能听出来。我差点就说：你哥呀，他走就让他走吧，朱家的男人谁能拉得住。

一天早晨，我早起做饭，看着工作中的破壁机愣神，忽然想到艾尔克之所以一直不愿定下锦州之行，原来在 Forest。我忘了我老师之前在医院住着呢。艾尔克起床后，习惯性坐下来，喝温开水。他端着茶杯，蜷腿坐在沙发上，好像打坐，水一点点从喉咙经过食道，进入肚囊。我掇板凳坐到他对面。

"咱们去看 Forest。"我说，"你想去看他，艾尔克，我也想去。"

他看我，嘴里的水咕噜咽下去，像咽下灵丹妙药。他直接同意了，我很意外。到底怎么回事？他想去看我老师，却又不敢去？

吃过早饭，我们出发去长沙。火车时间比较紧张，像艾尔克急迫的心，一路上他都在喘气。我原先以为他一直顾忌我的感受（我们俩都在辛辛苦苦地顾忌对方），不敢提去长沙。现在看起来，他在害怕。黄昏时分，我们走出火车站。艾尔克带我直接登上一辆出租车，我的膝盖未好彻底，但能跟上他。出租车里看出去，长沙天空晴朗，变成另一番样子。我和艾尔克不再是游客。

快到医院，艾尔克打电话，无人接（我在家没见过他俩通电话，难道在回避我）。我问艾尔克，Forest 到底患上什么病？他说不乐观。这些天，他们一直在互发信息，真想知道他们聊些什么。到医院，艾尔克没等来电话，我们直接上楼。走到病房，躺在床上的是一个陌生的女人。

艾尔克让我原地等，他跑向护士站。我一直远远看着他，护士站不见人，他等了一会儿。一个护士从我跟前走过，我想拉住她，又不知道问什么。艾尔克看见她，跑过来，接着又和护士走向护士站。我看那个护士扒拉了两下，对艾尔克不知说了什么，艾尔克直接瘫软在地。我跑过去，膝盖顶得生疼。那个护士绕出护士站，先我一步照看艾尔克。我推开她，抱住我的儿子。

"人呢?"我问护士。

"对不起，阿姨。"她说。

我真的烦死"对不起"这三个字了。

艾尔克拿出手机打电话，仍无人接。他发信息，我不知道说的什么。看艾尔克的脸，我知道天塌了。很快，电话终于打过来了。

"他在哪儿?"艾尔克问，快吼出来的样子。

电话那头是个男人："对不起，艾尔克，他不让我们告诉你，那时候你的哥哥刚去世……是我一直代替他给你发信息……"

艾尔克抖得厉害，我一屁股蹲地上，他仍问那一句："他在哪儿?"

那男人说："在开封……对不起，艾尔克，我知道你们的感情。"

艾尔克挂掉电话，他不哭，我先哭了。我们母子二人在走廊长椅坐下，等时间过去，一分，两分。不断有人来来回回，或病人或家属，病房门上的牌子，有几个字我认识：心内科。Forest 得的病是心脏病，小小年纪。

"我们回开封。"我说，"我们回开封……"

艾尔克扭头看我，泪淌一脸："他什么都没有给我留下，除了最后的自私，他把什么都带走了。"

我打电话找茂之。他接到电话，声调格外小心。我叫他给我和艾尔克订从长沙回开封的火车票，越快越好。他连连答应，也不问，很有耐心的样子。

艾尔克却执意不走。

"他已经走了，"他说，"我们不用急。"

我看他心如死灰，擦掉眼泪，空空地看人来人往。我好像明白发生了什么，又不能说清楚。艾尔克主动握紧我的手，讲起他和 Forest 的故事。

他们相识在长沙岳麓山，同在一棵枫香树下休息，两个人分享了一瓶水，定下这段情。原来这就是艾尔克的秘密。

三个月艰难时间，Forest 陪伴艾尔克度过。我想知道，这是多少年的秘密，一直压在他的胸口，压得他寻死！

我母亲杜姑娘一直爱着念着他的军官先生，她的秘密夺走了她的命。艾尔克不会重蹈覆辙，不会的，他是朱家的爷们儿。我一时还无法想通，朋友当中只有菩萨能帮我，悄悄疏通我吧，菩萨。不过，只要是艾尔克稀罕的，我跟着他欢喜就是了。这不是最朴素的道理吗？

医院的走廊长而幽暗，我们母子困在这里走不出去。我反过来抓住他的手，明白无误告诉他，年轻人的事我可能跟不上，我太老派了，可我愿意学习。

"我想告诉你这个事儿，"艾尔克又哭起来，"一直都想告诉你，如果连你都不能说，我还能跟谁说呢？"他拍胸口，"这个事儿压在这儿，难受死我了，难受死我了……"他使劲砸胸口，我拉住他。

他直接跪在我面前："对不起，对不起……"

我捧起他的脸，冰凉扎手，说："你对不起谁，艾尔克？你告诉我，对不起我吗？还是朱家的那些混账王八蛋？是他们对不起你，他们没有保护好你，任你四处跑，风吹雨淋，任你轻视自己——"

我擦掉泪继续说："起来，我的儿，你跪在这儿，我又要折寿五年，你愿意这样吗？快起来，咱们先离开这儿。"

他不起，我们都坐地上，一个护士过来问情况，我说："我们马上就好，你把这里交给我。我保证，马上就好。你先去忙。"

护士悻悻走了，我牢牢捧住我儿子的脸，心如针扎，这个时候我得扛起来。可能，我这一辈子，就扛这一次。

我说："你说得对，你早该告诉我，咱们两个还兜兜转转，你真是大错特错了，艾尔克，原来你这么不信生你的亲娘。"

艾尔克挣脱我，抬手扇自己的脸，我抓住他的手："你打吧，打我的脸，是我生的你，我养的你，你长成这个样子，只能是我的错，你打我，使劲打我。"

不错，是我的错。是我孕育了一个纠结想死的生命，他惶恐长大，我毫无发现。艾尔克吊在阿热阔恰 61 号的画面，时常闪现脑海，要把我折磨死。一个维吾尔族女人，而不是我，从绳上取下他，毫不费力，他轻飘飘的，像一根羽毛。

走出医院，天黑透了。我们母子大伤元气，不知往哪儿走。我拦住一辆出租车，直接叫司机带去一家旅馆。入住后，艾尔克躺床上休息。我守着他，他很快入睡，锁着眉头。既然是这样的艾尔克，那这就是我的艾尔克。他不用再疲惫藏着，朱家的男人又不止一种——再说了，不姓朱，也行。

后半夜，我倒床上睡着了，梦里阿热阔恰 61 号的维吾尔族女人，那个艾尔克叫再吐古丽阿姨的维吾尔族女人，正端着碗喂艾尔克吃饭。艾尔克吃过饭，精神上佳，他们两个并排站着，盯着一处看，好像是看我，审判我。

我睁开眼，艾尔克不在床上。我想，我们该去吃点东西，吃饱了什么都能过去。我一下跑到卫生间，血腥气直窜鼻孔，他倒在地上，血从手腕撒出来。我假装是别人，不相干的人，我多想一点儿，就能死过去。我镇定着抱起他，我不能失去两个儿子，这不公平。老天爷不会这样安排。要是那样，我死了见到我姥姥，她会再掐死我一回。

艾尔克很轻，像小时候。我们哄睡他，去别人家看电视，他醒来后满世界找我，到处都没有灯，他光屁股跑过漆黑小路，最后爬到我怀里，轻轻地。

我抱着艾尔克往前台奔，鲜血滴了一路，走廊曲曲折折，要耗尽他的血。我不想再活到一百岁，这样的艾尔克我一刻也不愿想到，看到，触摸到。要么他走，要么我走，我们俩不能再见面。

救护车赶在艾尔克死之前来到了。我已经无所谓，寻死两次的艾尔克，我嫌弃他，他不配陪我走过老天爷赐给的三十年。我们干脆一起死在他乡算了，丢尽天杀的朱家的脸面。

一袋血输完，艾尔克恢复一些气色。他坐起来，我不拦着。病房里无人，我们俩正好算账。我从口袋掏出一片镜子，它闪出白光。这是艾尔克打碎的最锋利的一片。我坐到他跟前，猛地往手腕上一划拉，鲜血直接流出来。

艾尔克抓住我的手，抓得松松的，他没有力气了。我挣开他，继续在手腕上划拉，他从床上滚下来，跪在我腿前。我放下镜子，扇他的脸，一直扇，直到他倒下。

"你不用跪我，"我说，自己听着都冰冷，"咱俩早该一起死，等到今天，实在辛苦，你累，我揣摩着也累。"

艾尔克无声地哭，头在地上砸。我的手腕流的血，沾满两个人四只手。我的姥姥你在哪里，我的婆婆你在哪里，艾尔克要去寻你们，还要我送他。

接着，朱家的长子长孙兴之跑过来了，他指责我的冲动，骂我心狠。他慢条斯理地说，不像他的脾气。他告诉我，只要我好好劝说，他可以保证艾尔克死不成。他在路上堵着呢。他培养出来的小弟，不能就这么流血而死，不能就这么浪费掉好年华。

艾尔克哭醒了，解下自己的绷带往我手腕上缠，这一幕真该叫来磊子哥看看，朱家的危机已经火烧眉毛。朱家两代有使命感的男人，一个废了，一个死了，谁来解这个局？

眼前渐渐浮现一些画面，杨家十二女将排成两排自远处走来，我的婆婆杨虎荣自然领头，她牵着傻姨的手，就像我牵小云。她们迎着风，一脸笑意，我的手疼得厉害，她们看不见，我的心在滴血，她们也不在意。我婆婆该指示一句，她一字不说，大权交到我手上了吗？我拿不动。

我的姥姥走在十二女将的后面，同样是笑，她的笑显然是在肯定我。她一直骂我笨，原来是为了把我骂聪明。她说这样气人的孩子，就该使上硬手段，要不然不经事不知道事大。

我感谢她老人家远道而来。我这是在长沙，她居然没有迷路。

醒来时，长沙早晨的阳光投进屋里，在墙上留下一个框，我举起手，手的影子进到框里。我先是这样玩了一会儿，扭头看见艾尔克在地上跪着。

"哦，对了，"我说，"还在长沙呢。"

艾尔克低头不吭。

"要是死在长沙，"我说，"朱家可又闹出大新闻了。我们回去吧，艾尔克，一切都过去了，我们回家。"

艾尔克抬头看我，我说："你起来。"

艾尔克坐上来，满脸肿胀，说："……我们去锦州，看潮汐。"

我摇摇头说："我太累了，跑不了那么远的路。"

艾尔克说："我们先在长沙休整一段时间。"

我问："衍悔师父为什么还俗呢？"

艾尔克回答不上来。我也不知道为什么忽然这么一问。前有再吐古丽，后有衍悔，我都没赶上见一面。

我们两个住院一周，带着医护人员好奇的目光离开了，血债血偿的母子。我饿得难受，艾尔克寻了一家小饭店，还没吃上，一个陌生电话打进艾尔克的手机。那个男人唱啊唱，四两拨千斤，唱进浪子的心头。

是 Forest 的爸爸。Forest 还有东西留给艾尔克，艾尔克喜得眼中转泪。他告诉对方小饭店的地址，我们默默等着人来。他居然在长沙，陪他孩子的妈妈吗？

"我应该去找他，"艾尔克说，"那样肯定更快一些。"

我拍拍腿，说："有我跟着呢，你快不了。耐心等吧，别着急，咱们已经走到这里了，也得留给人家走几步。"

我们的饭上来，艾尔克紧张得全然失去胃口，我自己使劲吃。吃完收拾罢，人还没来，我看玻璃柜里摆着小蛋糕，就拿一块给他，补充营养。我逼着他吃完，两个嘴角都是奶油。正帮他擦，Forest 的爸爸走过来了，一个枯黄的男人，戴着帽子，手持一个信封（像是上次送我们回郑州的人）。一看就是丧子的家长，他向我热情伸出手，我的手丑死了，弯弯曲曲，满是疙瘩。一个老农民哪握过手啊，我们握住了，同病相怜的感觉，眼神一碰，心镜一晃。

我正儿八经地叫来服务员，快点端上三杯茶。

他把信封推给艾尔克，说："看看吧。对不起，这么晚才给你。"

艾尔克高兴得脸发红，好像打开信封 Forest 就能从里面走出来。他看我，我高兴地点头，他打开信封，拿出——不是信。

我问："那是什么？"

枯黄的男人对我说："教您画画的那段时间，他很快乐，那个时候他已经病痛在身了，他在日记里这样写的，他很快乐——"他又看艾尔克，"很抱歉，日记本不能给你，我要留着它了。"

看来严酷的老师藏得太深了，跟艾尔克一样。我可没看出来他教我们的时候多快乐，他只生气我们学得慢。他的快乐藏在那些生气里。

艾尔克冲心中的 Forest 点头，整个人看着渐渐轻松下来。他说："这是两张台北音乐节的票，茄子蛋要去那里唱《浪子回头》。"

我一听"浪子回头"，想到开封一行的蹊跷处。

我问艾尔克："当时是故意让我听见这首歌的吧?"

艾尔克说是，有点害羞。

我叹息说："我太笨了，Forest 有意把手机落在那里的……"

艾尔克摇摇头，说："你不笨，你心里已经有答案，只是你不知道这个答案具体是什么。"

我问："什么是音乐节?"

艾尔克说："就是一个节日，大家欢聚一堂，很多人要唱歌。重点是，茄子蛋还要唱《浪子回头》。"

枯黄的男人问："你什么时候去看他?"

艾尔克有些作难。男人又说："想好了，跟我联系吧。我走了。"

艾尔克送男人出小饭店，我拿起那两张票看，花花丽丽，看不出什么眉目。虽说上面的字也认识不少，却读不出个意思来。我看外面，艾尔克和那个可怜的男人紧紧拥抱在一起。

艾尔克回来说："我们去台北吧。"

我说："那是哪里？听着很远。"

艾尔克看票，怅然道："他早就计划着这个旅行了，这票是三月份买的。"

我拍拍他，说："我陪你去，他肯定高兴。番茄鸡蛋唱《浪子回头》时，我就在下面鬼哭狼嚎，是那样吧？"

艾尔克笑说："对，是那样。"

我说："从音乐节回来，我们就去看他。"

艾尔克说："到时候再说吧。"

他把票放进信封，连带自己的心。

二十四

艾尔克说，站到南河边那栋楼上使劲儿往东南看，那就是台北的方向，那里的人们生活在海岛上。我想，我也乐意生活在一个岛上，伺候姥姥，带走小云。我爱吃鱼（朱磊昌不能吃鱼，一根根刺一会儿就挑出他一头火），姥姥肯定乐呵呵去打鱼，她就是那种七八十了还能撑船去打鱼的老太太。南河有鲤鱼，海里必然有吃不尽的各种鱼。

一个多月的时间，艾尔克把去台北的手续办全了。我挎上我的包，他背上他的包，我们轻轻离开郑州。一切都很顺利，刚来到机场，我的头猛地发晕起来。我没有吭声，乖乖跟着艾尔克。他走路也快，随我，可我有点跟不上他。终于坐下之后，他让我喝口水，我乖乖喝水，告诉他我要眯眼休息一会儿。这个时候，我靠上了我儿子的肩头。一直到又起身准备上飞机，周围的东西——椅子啦人啦墙啦玻璃啦忽然发出亮眼的色彩。我不知道这是咋了。艾尔克应该觉得我是累了，默默搂住我的肩膀。本来，我还没见过飞机，想好好瞅瞅，可我睁眼看到的全是漩涡一样的颜色。等找到位置坐下，我对艾尔克说我要睡觉，他从包里拿出一个外套给我盖上。艾尔克的衣服还能闻出小时候的味道。不知过去多久，我没有睡着，艾尔克在我耳边说飞机要起飞了。语音刚落，飞机一阵耸动，兴之一下堵上心门，原来是他来了。

三个儿子都是心头肉，长子还是不一样。这话，我跟谁说？艾尔克说飞机要飞好几个钟头，我假装睡觉，酝酿消化我的兴之。他大哥来了，我没告诉艾尔克。后半程缓过劲来，我悄悄把对兴之的想念、丧子的悲痛倒换成一件事：生气。这个方法管用，不仅兴之好像还活着，我自己也好受些，因为他一走了之而生气，就好像一切都没结束呢。我第一次坐飞机，这飞机真是怪，飞上蓝天时，死去的那些人呼啦啦全冒出来了。我把他们一一赶走，却赶不走我的长子。他曾对我说："你生了仨儿子，就我见过你好看的时候。你那俩儿子都没有我有福气啊。"想起这句话，我闭着眼偷偷地笑。

我喜欢台北，风柔得让人挑不出毛病。脚一踏上这小岛，就觉得我前世的女儿来跟我说悄悄话了。这风和吴屯镇、郑州、哈密还有长沙那些地方的风不一样，吹得人就想让它一直吹。这风应该吹艾尔克和 Forest。茂之得知我们在台北，不知哪里得来的门路，为我们订了正对大海的旅馆。我和艾尔克站在阳台，远处的沙滩上正忙于搭建一个大平台，能看见赤膊的男人闪着汗光。艾尔克轻轻地笑，说音乐节就在那里举办。

我说："你二哥这一次挺孝顺。"

艾尔克怪我："他一直都孝顺。"

大海（这就是大海）在我们眼皮子底下翻滚，比吴屯镇的南河有气魄。茂之要是有本事，在南河边上举办个什么音乐节，叫吴屯镇的老少爷们儿开开眼。我差点就要对艾尔克说出来，可是他好像望着忙碌的工人想起了 Forest。这是他们的节日，我来凑热闹。海上白光粼粼，远处蓝得像染料缸，那是鱼儿没边儿没沿儿的世界。

他忽然说："我不想听《浪子回头》了。"

我反应很快，抓住他的手，说："对，不回头了，咱不回头了，咱走。"

艾尔克完好如初保存了那两张票，为避开音乐节，我们搬到城里的旅馆。到处都是岛上的好风，我和艾尔克放松游玩。等我死了，烧成灰，撒到这风里也不错，风吹到海里，喂那些鱼儿。走在小岛的街上，我跟艾尔克说这件事，他说："那你在海里等等我，我也烧成灰撒到海里。"我立马回他："我可不等你，你有要去的地方。"小岛滑梯一样的街，我们一直走不够，说起死就像说起一天三顿饭。

两天后，小岛下起雨，这才浇灭我对它的新鲜劲儿。我们收拾行李，准备离开台北。我故意打给茂之，让他订飞机票，去锦州。我还想坐飞机，看看兴之还会不会再来。过了一会儿，他回电话，没有去锦州的飞机。我问他怎么办。他说先飞北京，在北京坐火车。就按他说的办，我和艾尔克马不停蹄飞向北京，没有碰上兴之。艾尔克有心，既然到了北京，有必要带我去看毛主席。他说得没错。

火车太阳落山以后才开，我们不慌不忙，找了个钟点房，收拾干净后去看毛主席。钟点房离纪念堂有几里地远，艾尔克要打车。我拉他走走，我想慢一点。等艾尔克指给我纪念堂的时候，我同时也看见了拐了几拐的队伍。谁知，我和艾尔克刚排上队，我就开始激动了（其实早就要激动，一直按着）。紧接着，眼泪哗哗地往外冒。艾尔克搂着我笑："这是咋了？"他越说，我哭得越厉害，实则我也想起了我的兴之，借机发挥。哭着哭着，我开始背老三篇，背完《纪念白求恩》，接着背《为人民服务》，再接着是《愚公移山》。好不容易背完了，我喘口气，哭得哇哇的。我想毛主席，虽说我没见过他老人家。我想我的姥姥，想我的兴之，想我的艾尔克在我百年之后该怎么办……队伍走得很快，眼看要进去的时候我不哭了，节奏刚刚好。

看过毛主席，我就饿了，饿得厉害，刚才那一通激动，消耗太多。艾尔克带我去吃饭，他什么也不问，时不时地发笑。他这种含着意思的笑，跟他大哥最像。我由他笑，自己痛快吃，两个朱磊昌也没我一人的胃口好。他可能顶多活到八十岁，那真是没办法。想到这里，也没什么可生气的，能找到愿意伺候他的小姐也是他的福啊，老天爷。

吃过饭，我不由得喘出一口气，好似老时候的那些陈旧东西这才从我身上剥掉。伸手拍拍头，我很想睡觉，艾尔克说钟点房已经退了。我说："退了再订。"他说没错，是这个道理。我真是坏透了，在艾尔克面前暴露我在朱家藏了几十年的坏面目。我们走了几里路，终于看见一个小旅馆，艾尔克开了钟点房，我倒头就要睡。我需要一次"隔断"，睡觉是最好的办法，睡醒告诉自己重新开始。艾尔克建议我吃一粒降压药，他的建议很好。因此，我也睡得更踏实。

东北原来也不近。茂之为我们买的卧铺，我和艾尔克侧卧相对，聊到深夜。关键的那些事儿，我们都不碰。聊她姥姥杜姑娘，聊杨家的那十二女将，也聊吴屯镇的一些人，最后睡下。等天大亮，东北的风景已经在窗外画好了。东北的天也好看，和新疆的也不一样。可能对我来说，只要不是吴屯镇的天，都好看。不过，车上不断有人说东北的天好看，又蓝又广，他们说的该是大实话吧。艾尔克端来泡面，完美的旅程。

下了火车，走出车站，艾尔克才告诉我外面有人接我们。锦州很凉快，广场上人很多，叫卖声不停，艾尔克牵着我的手穿穿绕绕。我先看见一个男人热烈地招手，戴着眼镜，喊了一句什么，我没听清。我拍拍艾尔克，问他是不是那个人。他顺着我指的方向看，连连点头，接着就甩开我的手，灵巧地穿过各个方向行走的人，一二十米的距离，他俩各自奔了一半，最终紧紧拥抱。艾尔克的好朋友，我还是第一次见。我怀疑这小子知道艾尔克的秘密。

很快，我验证了我的猜测。我们盘腿围着一个大铁锅吃饭，这小子对艾尔克对我都贴心得不得了。我能看出他对艾尔克的疼爱，从眼神，从语气，从一个当娘的感应。所以，他知道艾尔克的秘密，因此疼爱。开饭不久，他的媳妇和女儿来了。这是个好媳妇，不认生，情真意切的，不断给我夹菜。锅上贴的饼好吃，我没说，她却一直叫服务员贴。他们两口子都是真正善良的聪明人。我一边吃饼，一边嘀咕自己怎么贴不出这个好味道，磊子哥的骂声在耳边响起。

我为艾尔克高兴——为他们比南河的水还清澈的感情。我再不懂艾尔克的心，也知道这情的珍贵。我偷偷高兴，一个接一个吃贴饼。我活到七十岁，没什么见识，七十年里有一半都是白活，但我深深明白一个道理：一个人走到活生生另一个人心里，比登天还难。我为艾尔克高兴。这小子终于问了他腕上的伤，我知道他早就看见了。我手腕上也有，他是怎么想的呢？我快笑了。

艾尔克回之一笑。

我替他回答："我们娘儿俩玩游戏，伤的，没事啦。"

这小子冲我微笑点头。

等没人的时候，他们俩尽可以剖开心肺谈一谈，眼下还是好好吃饭。不过，这小子是研究生，还是聪明，眼里晃了一下，估计想了个七七八八。说不定，他比我还懂艾尔克。姥姥已经在看不见的地方夸我脑子转得快了，比研究生还快。我忽然一阵后怕，假如艾尔克真把自己了结了，怎么对得起这小子的一副肝胆呢？朱家所有男人加一块，也换不来这样的真情意。

饭后这小子开车载我们到码头，还买了票，我看是两张票。他专门拉住我的手，对我解释，单位有事不陪我们到山岛了。他这是懂事，我忙让他快去忙。他的车刚动，我就问艾尔克："他咋不回郑州？"我也不是在问，我感到遗憾。艾尔克明白我的意思，说："这样也好。见一次是一次。"艾尔克长大了，也有像他大哥的朋友那样的朋友了。这真是个值得放鞭炮的大喜事。

我们走下阶梯，踏上铺在水上的路，摇摇晃晃。工作人员招呼我俩跟着他走，一直走，一直晃，渐渐我摸准了晃的节奏，挺有趣。艾尔克牵着我的手，我们一块晃。交了票，工作人员拿来救生衣让我们穿上，然后坐上一条小船，艾尔克说是快艇。艾尔克往远处望，海上都是雾气，我看他，想他第一次来，也在这里，也是这样的水，只是陪伴他的人变了——不知道他满意不。等快艇坐满，也就六个人，我们出发了。这是我这辈子坐过最快的玩意儿了，亏我头发长得壮，不然全都被海风连根拔起。

快艇呜呜叫，我大声喊，问艾尔克："你说这是什么海？"

艾尔克说："跟你说，你也不知道啊。"

海水被快艇搅成白色，我不服气："你说出来，我就知道啦。下次我跟别人说去了哪儿,我也能说出名堂来。一路走,一路学,好好学习,天天向上。"

过了没多久——因为感觉没坐够——艾尔克说看见山岛了。我随他看,山岛眨眼间来到跟前,只见蓝盈盈一条带子,下了船一看原来是婆婆纳。我噔噔噔跑上去,顺着路一看,路两边全是——婆婆纳。

艾尔克见我瞎兴奋,说:"吴屯镇是不是也有这小蓝花?"

我说:"有有有。我娘家也有!孙八楼也有!"

我沿着婆婆纳指引的路线往前跑,顾不上艾尔克,这时海上的雾气大团大团涌上岛,很快,我就在雾中跑丢了自己。路是上坡路,我姥姥在前面雾里等我,高高的。她咯咯笑出声,说:"你看,这么多婆婆纳!"小时候,她带我和小云下地,路两边处处可见蓝色的小花。我问她是什么花,踩也踩不死。姥姥说:"就是踩死了,明年也会长出来。多厉害!"我往上跑,大声喊姥姥,让她等等我。她果然疼我,想我,站在高处没有动。我跑着跑着,自己也变成一朵小蓝花,踩不死的婆婆纳,飞向姥姥。

二十五

  我的姥姥死在夏天，一到夏天我就闻见她死那天空气里的味儿。以前我以为是我太想那个老妖精了，谁知，越老闻得越清楚。那是数伏的第一天，赶上吴屯镇有大集，三四个侄媳妇都叫我去赶集，我嫌热。侄媳妇说："就是热了，今儿数伏了。"接着门没出去，孙八楼报丧的人就来了。那小伙子我看着眼熟，但又来不及认了，他连口水都没喝就要走。我送他到门口，反身骂老妖精提前一点信儿也不给我，说走就走。我回屋换衣服，风吹过来，那个味儿窜进我的鼻孔，这是吴屯镇没有的味儿。我停在院里，不知为何松一口气，抬头看天，天还是那样。我没打喷嚏，老鸹也没叫。这人世，该走的时候，也没啥好惦念的。

  这些年过去了，姥姥的祭日并不总在入伏这一天。可那个一年一年熟悉起来的气味儿，偏偏都在这一天格外浓。我能闻着这个味儿判定三伏天来了，总不会错。按说姥姥的祭日过去几天了，可我准备入伏那一天去看看她。她死多少年了，我也算不清楚。从锦州回来，我仍赖在郑州，郑州也有那个味儿：混杂着花香、草腥气还有干粪的味儿，可能还有其他，我闻不出来。随着天儿热起来，逼近三伏天，我告诉艾尔克我姥姥的祭日到了。

他说："那我们就回去。我们俩现在是两个闲人。"

他嫌弃我以前也不见记得老妖精的祭日。话是不错，去年给她老人家送一趟梨，送出事儿来了。我没告诉任何人那个气味儿的事。

数伏前一天，我和艾尔克穿得满身都是颜色，离开郑州。高速路上，大雨忽然下得拨不开，艾尔克硬着头皮开到服务区，我一眼看见上次喝咖啡看雪的店，被雨水洗刷得鲜亮。这是开封服务区。这里和高速路上别的服务区不一样，艾尔克点明，我才发现。一截隧道从路下穿过去，服务区一分两半，又贯通着，以防人后悔，可以走回头路。

我们俩淋了半湿去喝咖啡，艾尔克点饭的时间，我坐在窗前看雨，那个气味儿被雨阻断了。服务员端来咖啡，我一咕咚喝光，现在好了，满世界都是煳味儿。我不爱念死去的人，包括姥姥，走了就走了，他们最好也别来打扰我。我现在痛痛快快地活，等死了，我绝不找活着的任何一个人，包括艾尔克。

艾尔克点饭回来，忽然笑道："我们俩还是穿得艳丽了点。"

我说："管他呢，我姥姥喜欢。"

我看外面的云织得又厚又密，老天爷不想让我们走。桌上是两碗叫不上名字的汤，还有一份精致的饼，我从早起胃口就没有打开。艾尔克点这么少，看来也不饿。我俩一人一碗汤，饼是他的。他喜欢吃面食（我想这是再吐古丽的汤饭闹的），好像身体里缺这一味药，小时候可是最烦吃面条的。

汤，我两口喝完，接着就看艾尔克吃饭。腕上的伤至今影响他的生活，我真是不能看见。毫无征兆，我一下明白了这雨。

我往前一凑，说："我们去看看——我老师吧。"

艾尔克慢慢嚼，一等二等不说话。

我又说："我想去看看。"

艾尔克吃完擦嘴，说："好啊，该去看看。"

他可能就是在等一个人提出这件事。

我心里高兴，说："那走吧。"

艾尔克示意我外面下着大雨，我说："走吧，一上路，雨就停了。"他笑，笑我神道，不过我们果真上了路。神奇的事接着就发生了，我们刚驶上下高速的路，眼见着黑云散去，大雨骤停。

艾尔克笑着看我，我说："到了我这把年纪，多少知道老天爷想干啥了。"

他甜蜜蜜瞪我。

太阳迟迟没出来，整个天空是那样明亮。开封在前面欢迎我们了，我打开窗户，雨后的好风灌进车来。进入开封，我们又赶了很长一段路，我没问 Forest 埋在哪里，艾尔克只管默默开车。越开下去，天越晴，再看地面，不像湿过。两边总能看到麦秸垛，这是到了乡下了。那麦秸垛一点就着，这里定没下雨。如今，在吴屯镇，更不要说改名木塔镇的孙八楼，都看不到麦秸垛了（我姥姥没有它引火，就点不着灶）。不知道这里的人们做什么用，总之在屋后，在门前，在树下，一垛又一垛，我很想画下来。

直到我看见一个有两三年的老麦秸垛，沉沉的黄色，歪塌塌的，车子才停住，我们到了村子的东头。走过喜人的麦秸垛，便是开阔的农家地，玉米的个子还不到膝盖，放眼望去，没有别的坟，只有一个坟尖儿闪在绿丛里。一对男女在坟前站着，我们沿垄走过去。艾尔克前面走，我跟在后面，玉米又绿又亮又长的叶子像悠悠的水浪。那对男女看过来，我认出男的竟是宁陵那个种梨的农户。不用说，女的就是我老师的妈妈，是个美人儿，看不出年龄，头发好比玉米叶子。

艾尔克显然没认出人，我越过他去打招呼，感谢人家的梨，美人儿却认出了艾尔克，轻轻抱住他，久久不说话。最后她说了一句：谢谢，接着又过来抱我，垄很窄，挤着我们四个人，奇妙的相遇。这美人儿身上的香水味，我喜欢，叫我想起来小时候去地里薅草遇到的一种花。她和农户站在一起很般配，农户穿了一件短袖衬衫，灰白色，看着很柔软，像他种梨的手法。

两个人走了，一前一后，还牵着手，像绿浪里的两条鱼。艾尔克看他们，我也看。坟前是一束花，艾尔克说那是杭白菊。他什么也没带。我说："我去问个事。"留艾尔克一人。这个时候，还是留他们两个说说话。不过，我倒是真的有事找美人儿——她是画家，我记得。隐隐刺疼，玉米叶子拉着我的腿，我跑过去追上她。

我叫她老师，她咯咯笑了，连笑都是画家的。

她说："我是插画师。您想学吗？"

我郑重点头，管它什么是插画师，她肚子里的学问渣儿我都想学。我掏出手机递向她，蛮横地要求她留下电话号码。她不敢拒绝我，中间隔着她儿子呢。她也乐意给我号码，并期待很快见面，种梨的农户一直在边上笑。这样，我才放他们走，他们没开车，相依消失在村落里。我看手机，美人儿写的名字是：画画朋友。她应该知道我识字不多。我在路上等艾尔克，他从地里走来，背后是广阔绿田，他像一条彩色的鱼。走吧，他说，没见流泪，也没什么情绪。他已经处理好了 Forest 的一切。我说："你死了，就埋在这儿吧。"艾尔克惊恐看我："可以吗？朱家能愿意？"我说："这有啥不可以？！到时候我和你爹都糟了，没人管得了你，连你大哥都走了。你二哥——茂之屁都不会放的。"我实在看我老师孤独。艾尔克思考了一下说："到时候，我就不是他认识的我了，来看看，就够了。我还是和你一块去海里喂鱼吧。"我们又到上次吃饭的地方填饱肚子，结束计划外的开封之行。

到吴屯镇，天黑透了。磊子哥窝在沙发上睡觉，电视震天响。电视是他的，我一辈子没看过电视。客厅收拾得很空很利整，风扇直直吹着他。艾尔克说："这种情况，你以前会去揪他的耳朵。"我不记得，现在不会了。他去叫醒他爹，朱磊昌活脱一头猪，哼哼半天，才认出搅他好梦的是他小儿子。谁知他不说话，也不招呼，猛然回头，他知道我必然跟着。

看见我色彩缤纷的，他松一口气，想必想我了。这楼，空荡荡的，住着有啥意思。猛喝了一杯水，他也没跟我说话，问艾尔克吃饭了没有。艾尔克说吃过了，他就直接回屋睡觉了。我问艾尔克想吃什么，艾尔克想想说："我小时候你做的鸡蛋茶，打两碗算了，别折腾了。"我说："我想折腾折腾。"艾尔克就说："那下面条吧。"朱磊昌忽然从屋里探出头："冰箱里有面条，今儿才买的。"这一回他不声了。艾尔克坐下看起电视，我去厨房。

朱家的厨房，我居然有点陌生。接了水坐灶上，我一人笑起来，笑出两眼泪。厨房里的活儿，磊子哥指导几十年，如今他得自由了。各个物件的摆设，卫生状况，想吃什么，想怎么做，谁也不会忤逆他的意思。我们俩可能从根上都不相配，面儿都没见一回，非要硬绑在一起。我当即拿出手机打给大姐，问她："咱爹是不是去要过饭?"大姐得知我在家，要来看看，我不让她来，让她先回答我的问题。谁知，侍弄花草的父亲果真去要过饭。

大姐问我："你咋想起来问这个了?"

我打开冰箱找菜，说："一想在朱家白活了五十年，就呼呼来气，不想跟姓朱的过了。"

大姐在那边儿哈哈大笑，她的笑声像父亲。她说："那时候没饭吃，都去要饭。去武汉那么远的，少，吴屯镇就

268

姓朱的去了，咱爹就是跟他们去的。"

我打量父亲也没有那个胆量跑那么远。大姐根本不接我说"不想跟姓朱的过了"的话茬儿，还说我跑野了。

大姐继续说："也有找到好馍吃，咬咬牙留在武汉的。"

她叹气，我说："咱爹咋不留那儿？我就不用嫁到吴屯镇了。"

大姐劝我："过去大半年了，你还说这事儿。"

吴屯镇朱家发生的大事小情，我都会告诉大姐，她快变成我的姥姥了，不一样的地方是大姐只听，姥姥则教我怎么做。我如今才把姥姥教我的使出来。

水开了，我又关上火，还没炒菜。手机丢案板上，我把番茄洗洗切好，一个熟透的番茄。大姐听见我的动静，问我在干啥。我说正掀朱家的厨屋，大姐笑。

我说："没事儿，这会儿脑子又堵上了。"

我正要说挂掉，不该这样任性打给大姐。大姐改换语气，说道："你不知道，咱爹那一次真打算不回来了，你们都不知道，咱娘也不知道，他们俩都藏着心事儿，嘻……"

姥姥肯定也不知道，老妖精要是知道，我就知道了。

大姐又说："明面儿上他是跟着吴屯镇的人去武汉要饭，实际上是想走了，不回来了，你不知道吧？吓人不吓

269

人？我想想都后怕。"

我问她怎么知道的。废话，很明了，父亲回来了，告诉了他的大女儿。

大姐说："我快出阁那两年，他才跟我说，笑嘻嘻说的，我当时当玩笑听的。过了两年，我越品越不对味儿，现在想……还难受——咱爹那时候该有多难受啊。"

为什么呢？他为啥动了不要这一家人的念头？

大姐解释道："咱娘的事儿他知道，姥姥看不上他，大哥又是那样，你又是姥姥的宝贝疙瘩——"

我听不下去了。姥姥心里还是稀罕他的，而且他也喜欢我，我能感觉得到。他稀罕我，这不会是假的。最终，这个姥姥眼中的窝囊男人把秘密（委屈）告诉了大姐。他怎么又回来了呢？肯定是朱家的男人劝的，所以回到家生了悔意，为了感谢朱家，把自己的女儿嫁过去。很好。

挂掉电话，沉重炒菜，原来谁也别自以为是。

二十六

上街吃过水煎包，我和艾尔克出发去孙八楼。刚上车走出两步，路面被赶集的人们围得水泄不通，我们不得已停下来，一步也动不了。刚才吃过饭，我又在餐桌上画了一幅画。艾尔克的车上有彩笔和纸，他静静看我画，看得快哭了。我画的是麦秸垛，没长大的玉米苗整个涂成了草地，两个坟尖儿在草丛里露出头。早上八点多，太阳散发威力，赶集的人们热情不见退。我想下去也推不开门，索性和艾尔克看老乡们来来往往。吴屯镇的口音像唱戏，拉着长长的音，我到底没学会。嫁到这里，虽说距离没多远，我的腔儿（孙八楼的腔儿）是我的腔儿，吴屯镇的腔儿是吴屯镇的腔儿。因为这一会儿，我坐在车里默默听外面的热闹，才发现自己不是这样讲话的——有那么一丝差别，我听出来了。五十年，我没有变。

人生第一次，我把自己从吴屯镇抽离出来了。

"你在想什么?"艾尔克问我。

"想很多事。"我说，"这得怪你啊，是你把我变成这样的，很作!"

"想想就让它过去吧。"

我想说：你也是。

我们继续看向外面。人们扛袋提包，旧式的菜篮子也有，绿菜红果。有的遇见了就说笑，说着说着被冲散，说的人还在说；有的不吭，只管顺着人流走，他可能什么也不买，来凑热闹的；有的舍着嗓子叫卖，有的打开喇叭。这年月了，还能见到剃头挑子，一个瘦男人拦住挑子要剪头发，他们就顺势在人群中开干了。人们都乖巧地绕着走，剃头匠很快就推好一个平头，还帮他洗了洗。水有点浑，可那人很满意，太阳下镜子闪出刺眼的光，刺溜一下没影儿了。

太阳升高，一片蒸腾，没有傻子来赶集了，人们渐渐散去。我想起得买点纸，就下车走到街上。寻了一会儿，没找到，艾尔克在后面也不吭声。我又往回走，一个女人正摆出她的冥币和纸钱，这么晚。她坐下来，撑起一把小伞。我转身对艾尔克说："你来买。"他看我，我说："你买就是我买。我买，她老人家还是不知道你。"买罢，我们上路出发。艾尔克问我事儿忙完以后，还回吴屯镇不，我说忙完再说吧。一路是数不尽的杨树，绿叶旺盛有光。吴屯镇所有杨树加一起能抵得上哈密一株白杨。艾尔克可能因为迷路而绕了路，这一次看见木塔的样子和上次不一样。这一次，木塔整个儿在一马平川的大地上耸立起来。不知道孙八楼的地要种什么，数伏了还荒着。

艾尔克自觉停车，我们一起下车向木塔望去。我想起来了，不止我爬过它，兴之也爬过，爬到了最顶上，在那摇旗大喊。等他下来，我狠狠收拾了他一顿。兴之小时候皮得摁不住，他身上混杂了朱家、杨家，还有我姥姥的气势，只有我能镇住他，不然他肯定要长成朱家的祸害（朱磊昌管过什么呢）。朱家得感谢我，兴之才长成了顶天立地的男子汉。这会儿，他正在塔顶向我招手。这一回，我不用担心，因为我姥姥和我母亲双双站在他身后。我想不起来了，可怜的杜姑娘见过兴之没有。兴之这样闹腾的，她多半不待见，她心里边只有军官先生一种男人。她——远远瞧上去还挺年轻——能出现在兴之身后，真不容易——该不会是我姥姥硬拉过来的吧？

艾尔克轻轻拍我，塔上的人消失。来了一伙人，下路走进地里，一直在呜呜啦啦热烈说话，能看出他们都很兴奋。艾尔克听到了关键信息：这里要建一个欢乐园。我不懂啥是欢乐园。难道就是商丘红色人间那种给男人带来乐子的地方？天气真热，艾尔克要为我打伞，在农村打伞叫人笑话，我说走吧，去烧纸。艾尔克说："你这个老太太是个怪人，有时候什么都不在乎，有时候连针鼻儿都要认一认。"我说："我才不做叫人摸准脾气的老太太。本来就老，好欺负。"再看那一伙人，走到大地深处，像落了几只黑喜鹊。

欢乐园？不错，孙八楼是我的欢乐园。我可以整年整年不回来，可它一直在我心上，是我永远的娘家。就算把整个孙八楼拆除了，所有的田都不种庄稼，就为建成一座欢乐园，只要塔在，孙八楼就还在。

我们来到墓地，不见那个得体的管理员，直接进到园子里。桑树的大团绿云一早进入我的老眼，我心里一直喊，老妖精啊老妖精。本来，我这一辈子还算得意，身边死去的人——像老妖精、杨家女将，还有杜姑娘……我都敢说不亏欠她们，临了，兴之却来搅局。他毕竟是我的孩子，死在我前头，我心安不了。我亏大发了，心上亏出一个窟窿。一步一步走向姥姥的坟，她已经在问我了：你怎么没看好兴之？这真叫我想一头撞死，认真一想，三个儿子我都没照看好。

桑树在坟的一边投下阴凉，我坐过去歇脚。艾尔克一人点火烧纸，他挺投入，似乎跟老妖精有话说。我等他烧完，我的好孩子。风吹来，烧的黑灰群鸟一样漫天飞，最后都钻入桑树里。

艾尔克站起来，我说："把我埋这儿吧——到时候。"

艾尔克扫兴道："人家愿意吗——孙八楼的人?"

我耍赖说："现在没有孙八楼了。"

艾尔克说："我去找把铁锹，你添添坟吧。"

没过多大会儿，他果真扛来一把铁锹，并说管理员回来了，铁锹就是管理员给的。我让他添，他添就是我添。艾尔克使起铁锹有模有样，他若做个农民，也做得漂亮。我们是老式的苦农民，他们可以真的用心种田。

我说："要不——咱娘儿俩在孙八楼种两亩地，住下来吧。"

新土把老妖精的坟整个儿都盖住了，艾尔克出一身汗。他说："这个事儿可以考虑，买个院子，住下来，再种两亩地。"

我又说："再说吧。"

我不想拴住他。

扛起铁锹，我们告别桑树。艾尔克提议闲走一圈，我们绕上一个坡，园子在眼前层层叠叠抻开来，下面不远一座新坟，一个女人也在烧纸，嘤嘤嘤地哭，没放开，听着

275

像本没打算哭，却还是没忍住。我真想撕开她的喉咙，女人要哭就好好哭呀。我们走过时，她停下了，我看去一眼，不知道哭谁。艾尔克轻声说："小时候，哭就是哭，长大了，哭不痛快是常有的事。"我们下坡，走向大门，再看桑树，枝叶在风中摆动，老妖精说：别老来了。也是，忘了才好。

后面传来重而快的脚步声，没见别的人，应该是那个哭新坟的女人，她还喊呢，喊的是——是小芬！老天爷，这名字耳熟呀！我和艾尔克转过身，那女人胖得呀（刚才蹲那儿没看出来），那堆出来的小坡要了她的老命，脸上是泪是汗，不知道，反正水淋淋的。下坡的时候，她脚下一绊，滚了下来，直绷绷地伸出手，还在那儿喊：小芬！小芬！

艾尔克手落到我肩上说："她喊你了……"

我脑子里一轰，热辣辣的泪冒出来，喊我小芬的还能有谁？喊我小芬的只有两个人！我把她们忘了，他八辈祖宗哟！我跑过去，扑地上抱起她，俩人都先放开哭起来。这是东鸽，还有南鸽，她在哪儿呢？我们仨爬的木塔，我们仨背的老三篇，我们仨一块纺棉花……我们仨是好朋友，老天爷！她们才是我的好朋友。我真是个笨蛋，嫁到吴屯镇，我就把我的朋友忘了。女人呀，嫁了人，就是死了一次。

　　艾尔克递来纸，我把东鸽的花脸擦干净，她也给我擦。

　　她噫一声，说："我一看那直腰板，就是你，除了你谁有那直腰板，小芬呀！"

　　我一个劲儿点头，不知道说啥。她和南鸽是堂姊妹，不知道她们这些年见过没有。想想朱家，姐妹四个，两个都嫁到曹县，一年还不见上一面呢。这就是女人，嫁到夫家，就不是自己了。东鸽先嫁的，头一晚我们仨抱着哭。她怎么会在孙八楼呢？

　　我们俩干脆坐地上，东鸽又说："南鸽……南鸽她在城里呢，她过得好。"

　　她说这话，专为我说的，她料到我不知道她俩的信儿。我还点头，捋捋头绪说："你也嫁到孙八楼了？"

　　她连忙说："是呀，是呀。咱姥姥是孙八楼的，小时候我和东鸽跟你来过，咱仨一路走过来的，姥姥用沙土给咱们炒花生吃。"

　　是呀，是呀。我叹息说："孙八楼是有多大啊，咱俩都没见过。"

　　她说："那这又跟谁说去。"

　　我扶她起来，说："走，咱这就去找南鸽。"

我攥住她的手往外走，想想不对，泪水淌下来，停住审她："不对，不对，你嫁的时候我来了，你婆家不是孙八楼的，咋回事了，你快说!"

　　她长长咦一声，又哭，我们俩哭不完了，她说："跟那个离婚了，又嫁到孙八楼，这不，才得病——死了。"

　　我们又抱住，泪水洒到对方身上。谁也没发觉那个管理员什么时候走过来了，为我和东鸽撑起一把伞，遮挡烈日。

二十七

　　红色人间——我们从它的门前开过去了，艾尔克说，导航显示目的地很近了。我们要去的地方是南鸽家，不敢相信，东鸽找了一圈人才联系上南鸽（她们娘家散成这样）。东鸽打电话到娘家，娘家只剩一个亲哥，人已经糊涂，儿子也不管。接电话的是嫂子，万事不问，我们在酒场找到东鸽娘家侄子。这一看就是个混账货（要是专门注意了，这世上净是混账男人），他连南鸽是谁都不知道。凑巧，他的酒友听见了我们的事，问我们说的南鸽姑是不是住在商丘盛世公馆的南鸽，家里边是干水产发起来的。

　　他说："现在黄河故道湿地公园开发，他们家投资的！"

　　他满嘴喷沫子，黄河像是他挖出来的。东鸽冲我点头，就是我们找的南鸽（她多少知道点南鸽的信儿）。那人见东鸽娘家侄子放着家里这么富的亲戚不傍，转脸就是对他一顿糟蹋。

我们问他有没有办法联系上南鸽。原来他兄弟的表叔（叫他说是当代赵云，我看他一会儿不吹牛就没法活）在盛世公馆干保安，盛世公馆住的都是富人，每家每户，保安门儿清。艾尔克不知从哪儿掏出一包好烟塞给他，他拿出手机找给我们那个保安的电话号码（他好像很羡慕表叔的工作）。上了车，艾尔克打给保安，人家很好说话。通过保安，我们最终找到了南鸽家的保姆。快到商丘时，保姆回电话，艾尔克冲我们晃手机，我和东鸽坐在后排，当即凑过去。保姆声音很甜，但说得平常："你们来吧，家里的司机在门口等你们。"

东鸽有点丧气，说："不是南鸽……"

意思是咱别去了，这个时候还让别人回电话。的确是这个道理。既然快到了，还是见一面再说。艾尔克提示我们往前面天上看，是四个字在云里，我也都认得：盛世公馆，恨不得金包银，闪闪发光。同时，两边的街景原来也早不一样了，由原来的两道绿化，变成了四道绿化，行人也变少了。很快，一个穿着十分周正的小伙子指引艾尔克停车，下了车，东鸽说得更带样子："连天都更蓝了。"

周正的小伙子自觉退下，换上一个戴帽戴镜的人接待我们，应该是保姆说的司机，帽子压得很低，一身黑，看不清长相，东鸽不自觉地往我身上靠。艾尔克说让我们自己去，他在外面等，司机很怪，连忙摆手，表示不同意。我们仨就一路跟他进入盛世公馆，没有见明显的门，可眼前的景儿明显和外面区分开了，各样没见过的绿树绿得冒油。南鸽有这好命，想她小时候，我们仨她最小，毫无主意。

司机是个怪人，不说话，只管在前面走，拿着架势。我们先来到了后花园，草地比玉米苗还绿，一个大伞下四张椅子围着一张桌，桌上的吃食，我看了，一个也不认得。从这花园的阵仗来看，背靠的一栋楼都该是他们家的。司机示意我们坐下，接着他也坐下了，摘掉眼镜，咯咯咯笑起来。我一眼看那指甲是红的，伸手扒掉她的帽子，头发落下来，是南鸽！死妮子！东鸽尖叫，我们仨蹬倒椅子抱一块，干脆跪地上，抱头哭得停不下来。老天爷，这一天，净哭了。

这些年我们都跑哪儿去了！东鸽变成大胖子，成了寡妇，南鸽成了富太太，我则丢了魂儿一样四处跑。南鸽一哭，脸就发红，现在还是。我真是不敢认她了，六十七的人，头发也不白，脸也不皱，像我的儿媳妇。我就掐她作怪，她叫，东鸽也掐。小时候，我们决定走路去南河，男孩子们背着家里都去了，回来说多美多好玩。南鸽想去，我和东鸽不敢想。南鸽嘴里说出来想去，我还吓一跳呢。路太远，那时候也没有洋车子，三个女孩子家也不敢招眼往外跑。可我们还是上路了，早晨吃过饭，我们一人拿两块馍集合出发。走到吴屯镇（那时候哪知道会嫁到那里），南鸽开始闹着回家。日头高照，行人陌生，她想家了。现在我知道，当时我们已经走到跟前了，再坚持一步，就能看到大河。没办法，命中注定我七十大寿才真正看见传说里的南河。

我们仨没有再往椅子上坐，哭够了饿得慌，就坐在草地上吃起来。南鸽眨眼间摆了一地，我和东鸽也不管是啥，只管挤着眼吃。艾尔克一人在上面坐，笑吟吟看我们姐妹的大戏。他怎么想呢？会不会觉得眼生？我嫁到吴屯镇藏得太深了，完全丢了自己，我是他的亲娘，我是朱家的媳妇，不是我自己。

南鸽安排好了下一场，她也不说是啥，手一扬，来了她的司机。这一次是真司机，还是她骗我们那个装扮。黑色的车不一会儿停到花园门口，司机为我们打开门。我这时想起南河岸边那个荒废的院子，白蓝的楼一直在心里立着。既然没人要了，我是不是也可以在那里种一片草地，不喂羊不喂牛，供人玩的，牛羊来啃也无大碍，大不了再种上就是了。要是得成，我的草地面朝南河。

我们上了黑车，一路叽喳，几十年的分别，没有隔断情分。我抽出一眼看艾尔克，他坐在副驾驶座，好像跟司机聊起来了，心满意足的表情（因为我）。南鸽一直骂东鸽不找她，东鸽反过来也骂她，骂完又死命地笑，俩人都笑哑了。我也快哑了，她俩非拉我评理，我谁也不帮，俩人一块骂。南鸽一直嚷嚷司机开大空调，我又抽出一眼看司机，他什么时候把眼镜摘了（看他那架势，我估计他得戴到天黑呢）。好像跟艾尔克聊得投机，他才露出真面目，看上去比艾尔克年轻一些，光光的脑袋显得富有活力。我凑耳朵想听他们聊什么，可两个死妮子叽喳得一个字也听不清。

司机停车，连说三遍到地方了，车里才静下来。我第一个下车，得下去透透气，这两个人来得太突然了，我的高血压马上要升上来。热浪往脸上扑，商丘的太阳让我晕头转向，几十年后，它再次照耀我们三姐妹。东鸽问："这是啥地方?"她不认字，一个字也不认，往娘家打电话那会儿，还是我拿着她的手机找的号——眼也比我花。我后退几步，汤婆婆三个字在楼上挂着，不知用了什么稀奇玩意儿，字上头一直往外冒热气。南鸽抓住我俩的手就往店里拽，原来是洗澡。我往后扭头，艾尔克和司机也进来，南鸽似乎跟司机交代过了。

一个恬静的女孩子带领我们来到一间——不能说是房间，四周的墙只有半截，隔壁几个女人仰脸泡在池子里，快睡着了。我们的池子很大，十个人洗澡也够，水的颜色黄里发红，不知道泡了什么，三个汗津津的老太太面对着它。东鸽见要洗澡，闹着不愿意，我看她是害羞。南鸽说："咱也别去换衣间了，直接在这脱，这里就咱仨。"那女孩子好像知道她的毛病，早拿着一个筐准备收我们的衣服。我去过吴屯镇的澡堂，都是先去换衣间。东鸽往后退，南鸽笑话她没出息，上去就撕扯她的衣服："衣服也别要了，一会儿买新的。"东鸽尖叫，人们都抻脖子看，南鸽不管她，自己两下剥个干净。她身上赘肉不多，两个乳房——不见在身上。我吓一跳，她转身跳进池里："快下来，跟小时候一样！"我说："我可不如你的腿脚。"东鸽愣住了，我默默脱掉衣服递给女孩子，先坐池边，南鸽过来扶住我，这才下到池里。水温正好，我喊东鸽："快下来，下来说。"东鸽脱掉裤子，里面是个男人的大裤衩，大肚子的肉坠下来，整个罩住她的裆，两个乳头也长长坠到肚脐眼两边。南鸽笑得掉泪，往她身上泼水。她一步，两步，下来了，抱着胸口，南鸽跳起来掐住她的脖子，摁到水里不放。

　　等东鸽起来，头发湿成一绺儿一绺儿，成了女鬼，要找南鸽算账，南鸽那边早已两眼泪花。我和东鸽愣着不动，她哗啦啦站起来，胸口两个大疤痕。三个人又是一顿哭，南鸽笑说："他奶奶的！说是女人，又不像个女人。"我也站起来，叫她们俩看我肚皮上的疤，长了几十年还没消，我又把腿翘起来，腿上也有。东鸽说："照这样看，我比你俩还有福呢。"她说着就站起来，两个长条奶子用胳膊挑起来，又原地转一圈，浑身干干净净。不管囹圄、残缺，都过去了。

我们泡到发昏，池边三张小床，就赤条条躺上去睡觉。不知睡到几点，醒来坐起，人在澡堂，东鸽的呼噜正盛。南鸽正看过来，应该早醒了，我说："东鸽现在就一个人，你想想法儿帮她。"她点头说："你说……咱们咋傻成这样，这些年都不想着见见，还有谁比咱仨亲?"说得不错，不过还不晚，看样子三个人都还能再活十年。我俩又各自叹息一会儿，一觉醒来还在梦里。

南鸽忽然跳下床，叫东鸽起来去吃饭，叫不醒。我站起来抻抻筋骨，看她手往东鸽大腿根子伸，东鸽一下鬼哭狼嚎醒了，南鸽笑死，东鸽又骂。我说："别吵了，人家都睡觉了，咱去吃饭吧。"南鸽说："不行的话，我就把这店买下来，嫌吵的就别来了。"东鸽瞪她："就你能。"南鸽搂着她的脖子说："我买下来，你帮我看着。"我说："那不赖。"

恬静的女孩子走进来问我们穿什么，她准备了袍子和短裤，我们一致要爽快的短裤，上面配一色的系绳短袖。接着，她带我们去吃饭。走着走着，就看到了男人，东鸽吓得乱捂，南鸽往下拽她的裤子。人们正拿盘挑自己爱吃的东西，到一处大通铺一样的地方坐下来，墙上播着一个大电视。我看见艾尔克和司机已经坐在那儿了，俩人都瘦瘦的，年轻的膀子。一张小桌支在他们中间，上面有一瓶酒。真不容易，艾尔克喝起了酒。

我们仨正取食物，那个女孩子为我们支了一张桌。南鸽显然是这里的常客，女孩子想必也是她认定的人。我端着盘子走上通铺，女孩子赶紧接住放桌上，然后又去接她们俩。等我们仨坐下，南鸽说："你去吃饭吧。"她就走了。好闺女。

艾尔克没注意我来了，他也洗了澡，头发湿亮亮的。他看上去很放松，脸上微红，我好奇他们在说什么。我问南鸽有没有咖啡，南鸽听我说咖啡，挺稀罕。她起身帮我取来一杯，不放奶，不放糖。她知道我喜欢什么味儿。三个人都饿了，静静吃半晌不说话。女孩子端来一盘甜食，还冒着热气，我们又吃干净。

东鸽躺下来揉肚子，一直叫娘啊，天啊，她的肉那么软，在地上都摊开来。电视上是一个女人在唱歌，听不懂唱的什么，正好结束了。我仰着脸看一会儿，接着还是她，随着音乐奏起来，她身上慢慢上来一股劲儿。南鸽也看电视，头已经摇摆起来。这个女人年纪应该不小了，但又不能说她老，身条很美，一身白色连衣裙，橘红的头发，盘了一段也还长极了，垂到腰上——看得我动了留头发的念头。她唱得真是有力量，像个战士，听得我心里发热，她本人也在她的舞台上大踏步走起来了。虽说是原地走，可看着走出了千里万里，不回头，不害怕。

我不转眼睛地看，她还甩头又扬头，像是老天爷教她的。那潇洒，我学不会，可我的心飞走了。

我问南鸽："这是谁呀?"

南鸽摇摆说："中岛美雪呀。"

不知道那是什么。

我又问："她唱了啥?"

南鸽摆手叫来那个女孩，她凭空做了个手势，小女孩就给她拿来一支笔，一个小小的本。她在那小本上写下几个字让我看：旅人之歌。她咋知道我认字?

四个字我都认识，我定着看了一会儿，揣摩它的意思。

南鸽搂住我的脖子，说："管她唱了啥，反正就是唱给咱们听的。我去看过她的演唱会，她也六十多岁了，看不出来吧?"

　　东鸽又睡着了，衣服被她的肥肉撑开，乳房托在地上，歌声也唱进她梦里。

二十八　吴屯镇大事

一九九三年，吴屯镇贫穷而平静。南河的水首次引进各家各户的田里。孩子们跟着水一路跑，到半晌午，清水填满新挖的沟渠。一直到小麦灌浆，整个吴屯镇也没有五台吊扇，人们热得跳水坑。一切都还照着平静的步子往前走，只是走得慢，走得重。

农历四月初一，小满，吴屯镇没有一丝风。老天爷安排的闰三月刚刚过去，天儿热得人头蒙，几个爷们儿光膀子坐杨树下闲喷天下大事。一九九二年的新闻传到吴屯镇，费了一些时间。赵家的男人腾地站起，首先激昂白话，小平同志去南方谈话啦，抓紧时间出去看看，做生意挣钱吧。然后，他到死没离开吴屯镇。朱家的男人朱磊昌则说，生意哪儿都能干，风早晚会吹过来。另一个朱家的男人，松松花的男人走到水坑边涮脚。他不耐烦极了，说，老老实实种地吧，吴屯镇还折腾不开你了？意思是一个个都是贱种，别妄想这辈子能闯出啥名堂，吴屯镇也别想着能走出去。接着，一个叼着烟的年轻人说起去年巴塞罗那奥运会，他家有个收音机，知道的多。他说的大家都接不上，赵家的男人半晌儿回应一句，哦，成天蹦啊跳啊，嗷嗷叫那个。朱磊昌瞪他，你说了啥？赵家的男人则淫笑，说他小姨子叫罗娜。众人哄笑，笑声落下，好大一会儿平静。

"大梁媳妇喝农药了！大梁媳妇喝农药了！"

不知从哪里传出的惨叫，杨树下所有的人都支棱起来，几个小媳妇儿也从家里跳出来看究竟。发出惨叫的人从胡同里奔了出来，两根细脚脖子差点绊一块。是美格。女人纷纷围上她："咋了？咋了！"

美格咽口气，说："芩——大梁媳妇芩喝农药了。"

赵家的男人远远地指她："瞎喊啥你！"

朱磊昌那边早已跑起来，往大梁家跑。路过自己家门口，他媳妇欧阳芬头顶旧毛巾，正准备下地。他嚷嚷一通，这么热的天，是不是傻。欧阳芬不争辩，问他跑啥了，他说快走，芩喝药了。朱磊昌转眼跑没影儿，欧阳芬愣那儿，脑子一空，一把扯掉毛巾折回院里，干转一圈，不知道干啥，她养的鸡跟在后面叫。婆婆杨虎荣看见了，迈出堂屋，问她神经啥了。她说，不，不下地了，毛

290

巾甩绳上。说着一掉身，走出家门，晾下婆婆。杨虎荣嘴都张开了，话还没出口，又改唤蔚之，没人应。墙根摆着一溜儿木锅盖，她一个个翻过面，儿子的手艺叫她欢喜，踏实。她又走到井边压水，清亮亮的水接半盆，她坐下洗脸，湿手拢拢头发，隐约听见外面有慌步声，也没搁心上。洗好了，她没直接起身，坐那儿喘口气出神，吴屯镇的天罩着她。最后，她把洗脸水小心浇给几棵藿香，等吃凉面条，拿它捣蒜汁儿，可口得很。

没多久，吴屯镇的人都从家里跑出来了，等男女老少把大梁家的院子挤满，吴屯镇有名的先生从堂屋迈出，多年来，人们都懂得看先生的脸色：芩死了。大梁，一脸汗泥，从屋里跑出来，腔儿都变了："送医院吧……"先生扭过脸去，大可不必了。

人们没见大梁的娘，芩喝农药少不了跟她有干系。大椽木然走过来看他哥，兄弟俩不知道怎么办，朱磊昌站出来拉住大梁："现在送医院！"大梁含泪点头，叫大椽去拉架子车。先生走了，没人顾得上送他。等大梁把芩抱出来，人们看到头天还好好的媳妇，脸上的色儿已经没法睁眼看。人群中有人小声说，昨儿还见芩挑水浇花。她在地头种了几排五月菊，下面铺了一层婆婆纳，她也不薅。朱磊昌吆喝着让道，几个男人推着架子车往车站赶。人们迅速散开，欧阳芬和朱家的堂姊娌们也往家回。女人们叽叽喳喳，夹着声声叹息，一致怨芩的婆婆太厉害。欧阳芬忽然掉身往吴家走。

吴屯镇姓吴的有不少户，吴大梁家却是自成一户，等到吴大橼成婚，就算两户。吴大梁有囊气，当兵当成了军官（朱磊昌叫他去当的兵），眼看不会在家种地了，糟糠媳妇还在家，这次探亲就是商量进城的事。吴大梁吴大橼兄弟不像朱家兄弟，爹不在了，他们从小怕娘。他们的爷爷吴六娃（他娘生了五个全夭了）和朱家朱森厚有交情，两家因此走得近些。朱家的祖坟以前就是吴家的地，朱家提出换地，吴家毫不含糊。

欧阳芬走进吴家的院子，乱糟糟的，这会儿吴大梁的娘坐出来了，傻子一样坐在门槛上。欧阳芬走到她跟前，喊了一声嫂子，她说："他婶子，我也没说她啥。"欧阳芬不知道接什么，她知道她肯定说了不少话，不止说了，还做了。这个时候，当婆婆的有气无力了。芩，欧阳芬太了解了，不爱说话，脑子又笨，眼睛里看不到活，但她又绝不是懒人。下地干活总路过吴家门口，芩都会打招呼，欧阳芬心里也稀罕她。芩总是喊"芬婶子"，不是"磊昌婶子"，也不是"婶子"。路过家门口的人多了，芩碰上了大都不吭声，欧阳芬因此更加稀罕她。她总觉得跟芩说话，和跟别人说话不一样。现在人喝了药，她心里边难受得很，有点恼吴家。这会儿，她甚至都不想跟这个恶婆婆说话。芩，她眼中最好看的媳妇，活生生被折磨成那样。她最羡慕芩的长头发，自来卷，还有点发红，脸盘儿多少年了都是白生生的，都是活在吴屯镇的老农民，独不见她晒黑半点儿。喊"芩婶子"的时候，芩一贯羞羞地笑，欧阳芬能切切地感觉到她们之间有天生的亲近。她就悄悄教傻乎乎的芩在家里——也就是在婆婆跟前——活泛点，有点眼色，多干点活，多跟婆婆说些体己话。如今看来，她没教会芩。吴大梁的娘，她是知道的，长条条的个子，舞着爪子，指导这儿，指导那儿。从一开始，她就没看上这个儿媳妇。孙女生下来以后，她就更生出一身气势。欧阳芬这时想起孩子，孩子在哪儿呢？她想问大梁娘，又恼得不想问，自己走进屋里，孩子正在筐里吃手，一声不吭。欧阳芬抱起她，孩子哇一下哭了，欧阳芬跟着眼红。大梁娘说："救不活了，他婶子。两瓶敌敌畏，她一声不吭喝完了。"欧阳芬恼得咬牙。吴大梁考上军校的信儿传到家，她还拉住芩的手说，熬到头了，不用在吴屯镇种地了。芩高兴地低头笑，说她夏天给大梁扇扇子，冬天给大梁暖脚，让他一心准备考试。欧阳芬又在心里怪吴大梁，没用的男人，让自己的好媳妇受这么大罪。她一开始就担心的地方，就是芩太傻。现在看，真是傻透了，好日子来了，却去喝药。欧阳芬扑簌掉泪，孩子见人抱着她，啊啊叫。大梁娘晃着站起来，就往外走。欧阳芬问她干啥去，她不吭，出门一转不见了人。欧阳芬看看孩子，白得像妈，想了想，抹掉泪，抱紧回家去。路上碰见松松花，她只骂女人狠心，撇下孩子不管。

朱磊昌那边考虑得远，怕娘家人找来，送过医院也有话说。镇上的土路疙疙瘩瘩，架子车颠得芩来回晃，不见她一点反应。到车站还有一里地，破天荒遇上修路。吴家兄弟早没了主意，朱磊昌直接说："走地里!"麦芒正毒，架子车扔地头，几个男人硬生生蹚出一条路，身上拉得全是血道子。吴大梁一直喊芩，芩的脸朝一边歪着。朱磊昌注意芩不再吐沫子了。到了车站，车没坐满，人家不走，吴大梁要跪下。男人中恰有个是司机的姐夫，这才说通，一路狂奔起来。朱磊昌忖着情况不妙，告诉司机路上遇见卫生院就停。跑了有五里地，司机大喘气拉到一个卫生院，医生一看就摇头。吴大梁抱住医生的腿跪下，朱磊昌脑子转得快，说洗洗胃救救吧。医生认识是朱家人，死马当作活马医。日头斜靠在屋头，芩被医生宣判死亡。娘家二十一年，吴屯镇四年。几个男人又去收尸，朱磊昌看见芩的样子，一下冒出两眼窝泪。多好看的人，成了这样。

吴大梁扑在那号哭。

司机说死都不再拉死人，一溜烟往城里跑远了。朱磊昌稳住吴大梁，男人抖着手拾掇芩，从卫生院买来一块毛巾盖上她的脸，最后拿床单兜起来，几个人一人一角提着，从卫生院慢慢走着回。一路经过大村小庄，人们都停住看，看几个汗泥汉子提溜着不知什么东西。快到吴屯镇，消息已经传出去，人们开始议论吴屯镇谁家的媳妇喝农药——死了。等进了镇，老少爷们儿都在路两边站着，不用问，看几个人的奋拉样儿，人没救活。走着走着，芩的头发从床单里撒出一大把，垂在那儿，人群本来静着，忽地一阵呜呼。这时有人想起架子车，就松开手往回跑，几个人手上又沉不少。欧阳芬没出来看，她正忙着给孩子弄吃的，婆婆杨虎荣还不知道发生了啥事儿，直到看见兴之娘抱回来一个孩子，才知道芩喝了药，她惊得扶墙。她也数落大梁娘，嫌她拿人太厉害。婆媳俩久久不吭声，叹息的叹息，喂孩子的喂孩子。孩子喂饱了，开始欢实，婆婆接来抱住，欧阳芬愣着愣着哭起来。婆婆说："你哭啥呀？"欧阳芬说："蔚之了？"婆婆说："叫他莱英姐领走玩去了吧。"欧阳芬一听孩子不在家，越哭越厉害，婆婆说："我又不是那恶人，你哭啥？"欧阳芬说："我心疼芩。"婆婆说："谁不心疼……"越哭，芩的样子越在眼前晃，难受得欧阳芬也想一块死去。和吴屯镇所有媳妇都不一样，芬多叫人稀罕，心眼儿一个都没学会，假话一句都不会说，欧阳芬一想到再听不见她说话，就难受得心口堵。

有人来了，碎快的步子，是莱英，在院子里就喊："婶子，婶子！大梁嫂子喝药了。"欧阳芬抹掉眼泪，奔出屋去："回来了吧？是不是回来了？"莱英说："回来了，不行了，抬回来了。"欧阳芬眼睛里又转泪，后面是蔚之，眼瞪得老大。杨虎荣抱着孩子出来，又把蔚之的手牵上。蔚之问："奶奶，你抱的谁？"蔚之刚能说整话。欧阳芬反身蹲下对他说："领家来给你当妹妹吧，你愿意不？"杨虎荣说："瞎说，差着辈儿了。"欧阳芬又对婆婆说："咱收养了吧，娘。"杨虎荣说："那能行！咱愿意，人家吴家也不见得愿意。"欧阳芬又动了养女儿的心思，婆婆明白，可事儿没那么简单。

莱英又把蔚之领走了，去镇上给蔚之做新衣裳，她在街面上当裁缝。朱家门里，她是跳井那个留下的独苗。一天，一个操着陌生口音的女人带着她来到吴屯镇，声称那孩子是朱老五的亲孙女。朱家召集所有人开会，连朱桦昌都赶来了（朱桦昌去当兵，朱老五给了他大五十块钱）。所有人都不能回避一个事实，那女孩的眼和朱老五长得一模一样，最后朱桦昌拿定主意收留她，还说要供她上学。

别的人图个心静，也懒得参言。女人走了，朱家的血脉留下。莱英上到初中，自己非要去学制衣，朱磊昌问兄弟朱桦昌，朱桦昌让大哥看着办。欧阳芬劝她继续上学，她不愿意。莱英在吴屯镇生活几年，一点也不认生，嘴上能说，心里通情，关键是很有主意，非要学会制衣自己开店不可。现如今她已经在街面上租了小院子住下，朱磊昌直夸她果真是朱家人，比个爷们儿还能干。莱英骑着洋车子刚上黄河故道大桥，眼见着对面一伙人大车小辆冲过来了。她停下来一想，掉头就往回赶。

天擦黑，朱磊昌累得回到家就饮水，欧阳芬叫他脱了衣服洗洗。杨虎荣看儿子的情形，什么也没问。两个女人，外加一个婴孩，默默看着男人洗罢，都坐院里喘气。莱英推着洋车子冲进来："叔，来人了，一大帮子人!"欧阳芬问谁来了，朱磊昌噌一下跳起来："坏事! 还用问，肯定是芩娘家来人了!"说着他就往外跑，杨虎荣要拉没拉住，喊儿媳妇："你快去交代一声，要出事啦!"欧阳芬遂出门追上去。杨虎荣叫莱英支好车子别走了，莱英抱下蔚之。蔚之问爹娘跑啥了，莱英说没事，去厨屋给他寻吃的。欧阳芬追一路没追上男人的影子，朱磊昌早跑到吴家报信，吴家急得干转，朱磊昌让大椽赶紧叫人来，能叫的都叫来，又让大梁抱着芩先躲走。大梁娘哭天喊地："他

297

能躲哪儿去?"朱磊昌说:"一会儿问起来,就说在城里看病了,往后再慢慢说。"朱磊昌别的没说,这要让人家娘家人一看自己好好的闺女喝药死了,谁能受得了,还不直接打起来。大梁低头转圈,说:"叔说得对,我这就抱芩走。"正要往屋走,黑压压一伙人涌进院里来。头里一个男人,天黑得看不清脸,双眼冒火,抓住大梁就问:"我妹了?"朱磊昌上前劝,那男人一耸,朱磊昌一个趔趄。

大梁不吭,呼一声不知道谁点着一个火把,那男人往后嚷一声:"进屋找!"这时大橼带着一队吴屯镇的爷们儿挤进来了,他也吼:"谁敢!"那男人放开大梁,一晃身,脚一抬放倒大橼,吴屯镇的爷们儿嚷嚷起来,大梁上去踹他,也叫他一下摁倒。人们见这情形,不敢妄动。那些人窜进屋里,只听一声惨叫,那男人——芩的亲哥——丢下吴家兄弟连滚带爬去看妹。大梁叫大橼带着娘走,大橼不干,转眼间屋里传出哭声一片。欧阳芬找到朱磊昌,想拉他走,朱磊昌看这阵势,外人谁也管不了了,可他又不走。那男人忽然猛狮一样跳出来,后面还跟着几个,其中一个举着火把。那男人泣血,大喊道:"吴屯镇的老少爷们儿,这是我们两家的私事,我奉劝各位别管闲事,到时候伤住哪一个,那是你自找的,可别怪我没提醒你。"说完,扭头下命令:动手。火把照耀下,欧阳芬看见芩的大哥一脸泪，一道一道要把他整个人活活割开来。再看那几个人，手持绳子把吴大梁吴大橡还有他们的娘赶一块要绑起来。朱磊昌走到芩的大哥跟前说理，不能绑人，那男人怒目恨不得吃人，欧阳芬连忙拉走打铁不看火色的朱磊昌。于是，吴屯镇的人眼睁睁看着吴家娘儿仨被绑在地上，人们发现大梁两只手没反抗一下。大橡哀号："不能绑俺娘！"芩的大哥反手扇得他嘴角淌血："绑的就是她！"欧阳芬再看周围，墙上趴满了黑压压的人。大梁忽然悠悠说一句："磊昌叔，叫大家伙儿走吧。"朱磊昌看看他，拔腿走人，接着吴屯镇的人也都走了。

朱磊昌一路快走，欧阳芬在后面跟着他。他头也不回，问媳妇是不是把孩子抱家去了。欧阳芬说是，又说芩太可怜了。朱磊昌拧头叹气。走到家，杨虎荣正在院子等。莱英做了饭，在院中支了桌，桌上点着煤油灯。朱磊昌要坐下，杨虎荣命令道："再去洗洗。"朱磊昌和欧阳芬都去洗罢，杨虎荣问："到底因为啥？"朱磊昌喝口汤，说："大梁他娘非要把芩赶走，叫大梁跟她离婚。"欧阳芬听了这话，没忍住，筷子一摔，掉地上一根，莱英弯腰捡起来，杨虎荣看她，俩人都没说话。朱磊昌说："现在后悔也晚了。"眼一直看孩子。杨虎荣说："你别去瞎掺和，娘家人不出气，这事肯定不算完，谁也管不了。"欧阳芬觉得婆婆说得极对。莱英照顾蔚之吃饭，可怜的孩子在杨虎荣怀里，众人都不说话了，各吃各的。到睡觉时，霍地来电了，莱英给手电筒充电。欧阳芬看着挺稀奇，莱英说给她买一个。欧阳芬拉她坐下，求她帮忙，莱英怪她客气。欧阳芬说："给芩做身衣裳吧。"莱英爽快得很，点头答应。她又说："干干净净的就行。"莱英说："放心吧。我还有她的尺寸呢。"

第二天，太阳还没出来，天已经热得人冒汗，到处飘着麦子将熟的气味。朱磊昌泼把脸走出家门，欧阳芬喊住他，他不让媳妇管。走到吴家，大门关着，外面聚了几个人，他们问朱家的男人怎么办。朱磊昌蹲到他们的堆儿里，有后辈递给他一根烟。一个抽烟斗的老汉指着吴家门口对冲的路说："都怪这路啊。"几个人不懂，不过都说现在说啥都晚了，朱磊昌说："要不报派出所吧。"众人都说就是，报派出所。早饭罢，长辈们选出一个得力的小辈去派出所，半个钟头不到人回来，称派出所说家事管不了。到半晌午，方圆八里十里的人陆续来到吴屯镇，都说喝药的受气媳妇今天要下葬，娘家人不愿意，要把吴家烧了。吴屯镇的人却一个都不知道。日头越升越高，人群里三圈外三圈把吴家围得不透风。再看路上，一拨人接一拨人还在往这儿赶。到晌午饭点，没人想着回家做饭，空气里不知何时飘起一股怪味儿，有人说那是尸体要烂了，人群一阵骚动。

吴家大门不开，谁也不知道里面发生了什么。载着泡沫箱卖冰棍儿的洋车子瞬间被包圆，小伙子准备钻出人群，再去拉一箱。费大劲儿钻了一层，又钻三层，钻到路上，路上也是人挨人。等终于钻出人山，也快出吴屯镇了。一个腰弯成弓的老头儿，停在路边走神，说："我活一辈子，也没见吴屯镇这么热闹过。"莱英骑车从他边上嗖一下过去，她做好了给芩穿的衣裳。来到朱家，欧阳芬看到衣裳，又是一阵悲泣。那是一件素丽的褂子，灰蓝的裤子上有好看的彩线。莱英说："人家不会不要吧?"欧阳芬说："咱只管包好送去。"杨虎荣瞪过来："那是给死人穿的衣裳?"欧阳芬噘嘴："这是给芩穿的衣裳。"两个人这就往吴家走，人山挡在眼前，根本靠不近吴家大门。莱英牵住欧阳芬的手，只管往里钻，欧阳芬则死抱住新衣裳。她细细回想就在这门口碰见芩的每一回，每一回都说得心里暖融融的。她早就想请她到家坐坐，每一回话到了嘴边，每一回又都没底气吐出口。她在朱家总觉得没底气。

吴家的门开了，芩的大哥走出来，能看出专门洗了脸。莱英和欧阳芬挤到跟前，浑身湿透。吴屯镇的人选朱磊昌去跟芩的大哥谈，朱磊昌递出一根烟，那男人不接，朱磊昌轻声说："小兄弟，人走，入土为安，天太热了——"细的，朱磊昌没说，芩的大哥肯定明白，他抬头看看日头，又想哭，似乎没听人说话。再看眼前万千男女的目光，想及妹妹当初嫁来也没这样热闹，抹掉要流出的泪。他没说一个字，转身要走，朱磊昌晾在那儿。欧阳芬一个箭步喊住他："芩她大哥！这是给芩做的衣裳，给她穿上吧。"那男人又转过身，看看欧阳芬，说："您是芬婶子吧?"他把衣裳接住，欧阳芬错愕，又点头，这一下击垮她，泪水成河。芩的大哥悠悠走回吴家，大门没有再关。莱英扶住欧阳芬，朱磊昌看有门儿，便叫欧阳芬去吴家说说。欧阳芬不理，转身走人，芩的大哥知道她，这令她心如刀绞。

过了晌午，来了一辆警车，两个警察下来，吆喝着让人散，没人动。他们走进吴家，吴家娘儿仨已经解开绳子坐在地上，像被抽走了魂儿。警察说该办事办事，不能闹事。芩的大哥点头，一句话不说。这样，警察走了。朱磊昌想递句话，想起娘说的话，没张口。警察走后没多大会儿，吴家院里吵了起来，所有人包括朱磊昌都没敢进去瞧瞧。听动静，大梁想下葬芩，娘家人不愿意，接着是大梁娘鬼哭狼嚎一阵。没对阵多久，院里恢复平静，有小孩跑到门边往里望，忽然掉头就跑，吓得差点栽地上。芩的大哥带着人出来了，有的人持锹，有的扛杠子，人们不知道要干啥，一阵议论，吓得往后退。随着芩的大哥纵身一跳，顺着墙爬到房顶，杨虎荣说的"出气"就开始了。他把瓦揭掉，一片一片往下扔。其余人则一同推墙，没几下，几米的院墙就向院里倒下了。天还不黑，整个门楼，连着一间房，全部推倒完毕，吴家的院子整个暴露在人们眼前。这时人群已经往后退出几米，地上都是碎瓦烂砖。现如今吴家唯一的女人——人们不忍看她——伸直了两条大长腿，披头散发坐在地上。天边一颗星闪现，老天爷訇然撒下一层昏色。几个男人累得虚脱，往废墟上一坐，点着了烟。芩的大哥看向天，烟在手上，没抽一口，久久地，他有气无力地说："走。"其中一个走向院里叫人，所有人瞬间聚到废墟上。芩的大哥站起来，弹走烟头，喊道："把衣裳给俺妹穿上。"说罢，走出吴家的废墟，人群为他们让出一条道。天黑下来。

多年后，吴大橼依然单身，吴家的废墟仍在，娘儿俩守着破院。没有人见过吴大梁回吴屯镇，朱磊昌知道他在外面又娶了一个。畔畔（不知道谁给她起的名字）随爸爸长到十岁，非要回老家，同样上到初中不愿再进学校。这些年间，吴屯镇几乎不见谁家大声吵架，婆婆善待媳妇，媳妇则尽力孝顺，实在不好处就躲着来，吴屯镇一派和睦。等到蔚之满口牙都换完，吴屯镇的人们才清扫了心中的余悸。也在这几年里，杨家第一代女将虎荣离世，欧阳芬熬成婆婆，她一直责怪朱磊昌当年对吴家的事太热心。芬的命没了，这才是天大的，朱磊昌还巴巴帮着吴家人，她真生气。一听说畔畔回来了，她速叫孩子到家里吃饭，高高兴兴做出一桌东西。畔畔不认生，好像感应到小时候的情。吃过饭，欧阳芬领她到街上找莱英，量量尺寸做新衣服。莱英停住缝纫机，喜滋滋看畔畔，欧阳芬说："叫姑姑，畔畔。"畔畔眨眼叫姑姑。莱英心中感叹，畔畔既有妈妈的白净也有爸爸的身姿。她问莱英用的东西是什么，莱英说是缝纫机。畔畔转了一圈看，认真看，说："教我吧，姑姑。"莱英说："行啊，但是现在不行，你还得上学。"畔畔则说："上到初中毕业我就不上了，我跟姑姑你学做衣服。"莱英笑。

初中一毕业，畔畔果然不再去学校，欧阳芬知道劝不住，交代莱英好好带她。莱英说："我比你还稀罕这孩子呢，婶子。"欧阳芬亲信莱英的话，觉得她俩的心通着。不久，吴大梁现身在吴屯镇街上，人们看见他，有的没认出他。他走进莱英的店，给她一些钱，莱英不要，说畔畔还能帮忙干不少活呢。吴大梁硬给，他对朱家多有感激。莱英收下，心想真得把缝纫事业做出点名堂才行。又没过几天，畔畔住进了莱英租住的小院，两个人一起生活，炊烟都升起来了。

转到一年清明，等人们都上过坟了，欧阳芬出门去，蔚之跟上她。她拦住蔚之，说："我有事，一会儿就回来，你在家。"蔚之说："我也去。"孩子的语气似乎知道她要干啥，她只好带着。吴家的坟远，娘儿俩一路无话走在路上，田间，河边。蔚之知道母亲难受，不止清明节难受，一想起来就难受。头天落了雨，地里一踩就是两脚泥，两个人沿着麦垄走向小小的坟。欧阳芬只带了纸，花里胡哨的通通没有，纸里都是她的话。她禁不住流泪，孩子在，她还稍稍收敛了点。蔚之帮忙点燃纸，两个人蹲在坟边，麦田新绿无限。

欧阳芬哭止，蔚之说："这是大梁嫂子吧？"

欧阳芬不吭，心里想孩子真有心。

蔚之又说："哦，芩嫂子。"

欧阳芬说："叫芩姐吧。"

娘儿俩又沿着麦垄回，麦苗上的水打湿他们的衣裤。